アンちゃんの日本が好きすぎてたまらんバイ！

はじめに

私は子供の頃、毎晩ご飯の後に父と様々なことを勉強した。父は私にとって、この世で一番知識がある人だったと思う、マジで。知らないことなど皆無で、政治、世界史、スポーツ、ミュージカル、アフリカの虫や花に至るまで、何を聞いても絶対に答えられた。どうやら、勉強大好きだった幼い私に、そのありあまる知識を全て注入したかったようだ。

勉強の仕方はたくさんあり、平日よく一緒に『Jeopardy !』というクイズ番組を見た。ほぼいつも、父に負けたけど、稀に勝った日は「まぁ、僕はあなたにたくさん教えているので、たまにはこんな日もあるよね」と拗ねながら言った。その他には、父がランダムに英語、政治、歴史などについて質問などをした。特に英語の勉強は楽しかった。私の語彙力をどうしても増やしたかった父は、日常の生活にも超～難しい英単語を使っていた。

父は「ねえ、あなたは本当は病気じゃないよね？　あなたは、malingerer だ！」とニコニコしながら私をからかった。ちなみに「malingerer 」とは「本当は調子が悪くないけど、学校や仕事に行きたくないから仮病をする人」という意味だ。

父は、文章を書くことも好きだった。短期大学で社会学を教えながら、舞台の脚本を手掛けたり、様々な原稿を書いたりした。退職した後は、シェイクスピアやアメリカの選挙など、幅広いテーマについて本を出版した。

そんな父を私は深く尊敬していた。ところが２０２０年の３月、コロナが流行り始めた頃に、彼は突然亡くなった。そして残念ながら父と共に、父が持っていた数えきれない知識と言葉に対する愛情も消えてしまった。

けどさ、それは本当に消えた？　私はそうでもないと思う。だって、父から受け継いだ知識と情熱は、私の中に生き続けている。私は、父と同じぐらい言葉が大好きで、その溢れる愛情を原稿に注ぎ込んでいる。バラバラな単語を、人を笑わせる文章にすることは私の最大の喜びだ。

この単行本の元となる西日本新聞の連載「アンちゃんの日本ＧＯ！」は２０１８年の１月から始まった。日本語と日本の文化が好きすぎてたまらん私にとっては、これは夢みたいな仕事の依頼だった。この連載は、当初は３か月だけの予定だったけど、反響がよかったおかげで、もうすぐ4年になる今も続いている。それもこれも、私の文章を気に入ってくれている読者の皆さまのおかげで、感謝の気持ちでいっぱいだ。そんな皆さまの笑顔を思い浮かべることで毎日、面白い文章を書き続けるパワーをもらっている。この本は、そんな連載の最初の１００回の記事を収載したものだ。

私を文章好きにしてくれた父と、ずっと応援してくれている読者の皆さまのおかげで、この本を無事に出版することができた。この本は、皆さまへの恩返しだ。私は、生きているかぎり日本語と日本の文化への理解を深め続けたい。そして、いつか人生が終わった時は、大好きな宗像に骨を埋めるバイ！

アンちゃんの日本が好きすぎてたまらんバイ！☆もくじ

日本語が好きすぎてたまらんバイ！

初めまして！　私は、日本が大好きなアンちゃんです。アメリカ生まれ育ちなんやけど、日本語が好きすぎてたまらん。

特に、和製英語。和製英語は、よくバカにされるけど、私には和製英語の魅力がはっきり見えているバイ。だって、和製英語は日本語だ。そうやろう？　日本人同士でコミュニケーションを取るためのものだ。だからさ、うちら、英語のネーティブスピーカーは、和製英語を批判する権利が全くない。

好きな和製英語は、たくさんある。「ハイテンション」「ランニングマ

自慢の日本語
Tシャツコレクション。

シン」など。言葉から簡単に意味が想像できるのが、和製英語の魅力だ。和製英語をはじめ、さまざまな日本語の単語が大好き。バリバリ響きがいい単語がたくさんある。初めて、「ちりばめられる」を聞いたとき、恋に落ちた、マジ。人生に「ちりばめられる」を言う機会はなかなかないからマジ残念。「夏季休暇」も好きすぎる。延々と言える。言うたびに、なんか癒やされる。

でも、一番好きな日本語は「大盤振る舞い」だ。響きも、意味も最高バイ。こんな「素敵単語」は英語にはないに違いない。

私は、日本語に対しての愛情が半端ないから、一日中考えている。ある日、「日本語で一番長い動詞は何やろう」と考えた。いろいろ考えた結果、「行きたくなくなってしまった」だと気づいた。もっと長い動詞ある？ 考えたことがなかろう？

そして、自分の気持ちを表す単語がない場合、私は勝手に作る。例えば「楽しろい」だ。「楽しい」と「面白い」のまざったものだ。良かろう？ 全国にはやらせよう！

Q & Anneちゃん

アンちゃんが「和製英語」にハマったきっかけは？

友達との会話中、なぜか「パイプカット」という言葉が出てきて……マジで⁉ なんて素敵な単語なの！ 想像力が半端ない‼ …それが和製英語に恋に落ちたきっかけだった。こんなクリエイティブな和製英語を思いついた人に会ってみたい。私の人生を変えてくれて本当にありがとう！

「ら」ぬき言葉の親戚を紹介する！

アンちゃんは、毎日若い人に囲まれている。自分の子ども3人はまだ小学生だし（※連載当時）、職場の学校では、大学生と一緒にいる時間が長い。と、いうわけで、最近バリ面白い日本語を習ったバイ。

まず、「行きたくなくない？」。マジ？ 行きたい？ 行きたくない？ ずっと分からなかったけど、ある学生から教えてもらった。楽しいところなら（私の授業とかね）、意味は「行きたい」。楽しくないところなら、意味は「行きたくない」。学生の間でも意見は違うけど、その人によって意味が変わるって、面白いね。

これは「れ足す」じゃなくて、レタスだよ！

次に「レタス言葉」。野菜のレタスじゃないよ。最近、私のキッズは、よく「行けれる」と言っている。何、この変な文法、と思っていたけど、それは「ら抜き言葉」の親戚、「れ足す言葉」らしい。日本語はヤバいね。

一番興味を持っているのは、「〜くない」だ。私は「くない」を付けられる形容詞が決まっていることを知っている。例えば、「おいしい」や「面白い」。けど、現代人は、何にでも付ける。「きれいくない?」「良いアルバムくない?」「1万円するくない?」マジうける。日本語はバリ乱れているから、日本語を勉強している外国人がかわいそうやん!

私は、言語学者として、言葉の変化を納得しないといけない。現代人の使い方をよく聞いて、それを説明する役割だ。新語はずっと日本語に残るか、いつか消えるか、発言者を見たらすぐ分かる。もし全世代が使うなら、いつか正しい日本語と認められる。「全然大丈夫」はそういう表現だ。

けど親として、そして、先生として、「行けれる」はやめてほしいな。だって、「行けれる」より「行ける」のほうが言いやすくなくなくない?

Q & Anneちゃん

さすが自然豊かな宗像、すごく立派なレタスですね!

今だから暴露するけど、実は連載2回目にして大新聞紙上にフェイクニュースを打ってしまった(滝汗)。連載の写真はいつもマネージャーに撮ってもらっているけど、この時は季節外れで見栄えのするレタスが全然見つからなくて…。仕方がないので、子供用のボールにレタスを1枚ずつ張り付けて、二人で自作してしまった(フェイクレタス)。よく見るとレタスの下にゴムが見えている。

「外人さん」ならOK？

何年か前、私は健康診断に行った。そこで、子宮がん検診のために、病院の別館に行くことになった。連れて行ってくれた看護師さんは、別館に電話して、こう言った。「今から、高橋さんと、田中さんと、外国人の方を連れて行きます」。ちょっと待って。私は外国人の方？まぁ、そうなんだけど、名前がよかろう？だって、日本語が話せないわけじゃないし、名前はカタカナだから、誰でも読めるはず。彼女は悪気が全くなかったから、全然怒らんかったけど、考えさせられた。何で、私を外国人の方って呼んだと？アメリカで「日本人を連れて行きます！」っ

「外人さん」ではなく
「アンちゃん」です。

て言ったら、間違いなく差別的な表現だ。

別の日、高速の料金所で、お金を払おうとしたとき、料金所の人は「ああ、外人さんだ」と言っちゃった。多くの人が「外人」は差別用語だと思っているけど、「さん」を付けたら、大丈夫になるわけ？ 面白い。私は日本人になりかけだから「外人だ！」って言われたら、「ええ？どこ？」って返したい。今度「どこから来ましたか」って聞かれたら、「宗像」と答えようかな。（福岡県宗像市に住んでいるから）。

私は、「外人」「外人さん」と呼ばれても、全然平気だ。ほとんどの人は、悪気がないと分かっているからさ。でも、嫌がる外国人はたくさんいる。じゃ、どうしたらいいと？

どうしても日本人じゃないことを強調したいとき、「外国の方」は良いと思う。ただ、一番望ましいのは、名前やね。名前で呼んでほしい。けど、私の名字、クレシーニ、を見たら、日本人はマジ、パニクる。小1で習っているはずのカタカナを、急に読めなくなって、バリバリかむ。やっぱり、「アンちゃん」って呼んでもらおう。

Q&Anneちゃん

大学では「クレシーニ先生」って呼ばれてる？

授業では「アン先生」と呼ばれているけど、私がいない時は多分「アンちゃん」。ある日、トイレで学生の話を漏れ聞いたら「アンちゃんの授業では…」…やっぱり、アンちゃんと呼ばれてる！ 他には「アンクレ」とも呼ばれたこともある。ちなみに「クレシーニ」はイタリア由来だ。

我慢しなくてもよかろう？

去年、３回目の尿道結石になった。マジ死ぬかと思った。お産は３回経験したことがある。もし、お産が「鼻からスイカ」なら、結石は「鼻から力士」だ。

もらった痛み止めは全然効かなくて、筋肉注射を2回打ってもらってやっと眠れた。でもまた痛くなってしまったから、石を粉砕する治療をお願いした。その日は金曜日だったので、先生から月曜日まで我慢してもらう、みたいなことを言われた。そして、「痛みだけでは、誰も死なないから大丈夫！」と言われた。悪気はなかったと思うけど、痛みの限界を超えていたアンちゃんは、先生に怒りたくてしょうがなかった。けど、やっぱり、ここは日本だから、我慢した（笑）。

結石は「鼻からスイカ」より痛かった。

ああ、我慢。日本人が大好きな我慢。空腹、涙、トイレ、痛み。もちろん、我慢は悪くないよ。お金がないのに、テレビを買っちゃうアメリカ人は、我慢が上手な日本人を見習ったほうがいい。

英語では、我慢を表したいとき、一つの単語がない。痛みを我慢できない時「I can't stand the pain！」と言う。「トイレを我慢して！」（Hold it！）、「空腹を我慢して！」（Wait！）はよく言うけど、アメリカ人は我慢が苦手だから、適切な単語がないのかもしれない。

結石は1週間以上、トラウマ（心的外傷）になるぐらい苦しんだ。強い薬をもらうまで、しつこく頼まないといけなかった。何で、こんなに苦しむと？ 我慢は美徳だから？ 大変さを乗り越えたら、成長するから？ まぁ、空腹とテレビはそうかもしれんけど、痛みは我慢せんでよかろう？

アンちゃんは、大概何でも「郷に入れば、郷に従う」なんだけど、痛みは我慢したくないなぁ。痛くなくなるまで、博多弁でうるさく交渉するバイ。

Q & Anneちゃん

他にも病院のエピソードがありますか？

胃カメラの検査を受けた時、先生が、「あ、すごい！ 外国人の胃は日本人と同じなんだ！」と嬉しそうに叫んだ。そして、私の血管は立派らしくて、採血する度に、看護師さんに褒められる。

掛け You and Me

私は17年間日本に住んでいるから、分からないことはそんなにないと思っていた。けどさ、ショッキングなことがあった。聞いてくれる？ある日、子どもが体を洗わずにお風呂に入ったことに気づいた。私はバリ怒った。「洗ってから入るって決まってるやろう！」。子どもは、「だってママ、お泊りに行くとき、友達も同じことするやん！」と答えた。まさか。日本人は絶対にそんなことはせん。

次の日、親友にこの話をした。彼女は「そうよ！うちらも、掛け湯だけで入るよ！日本人はみんなそう」と言った。あまりのショックで、

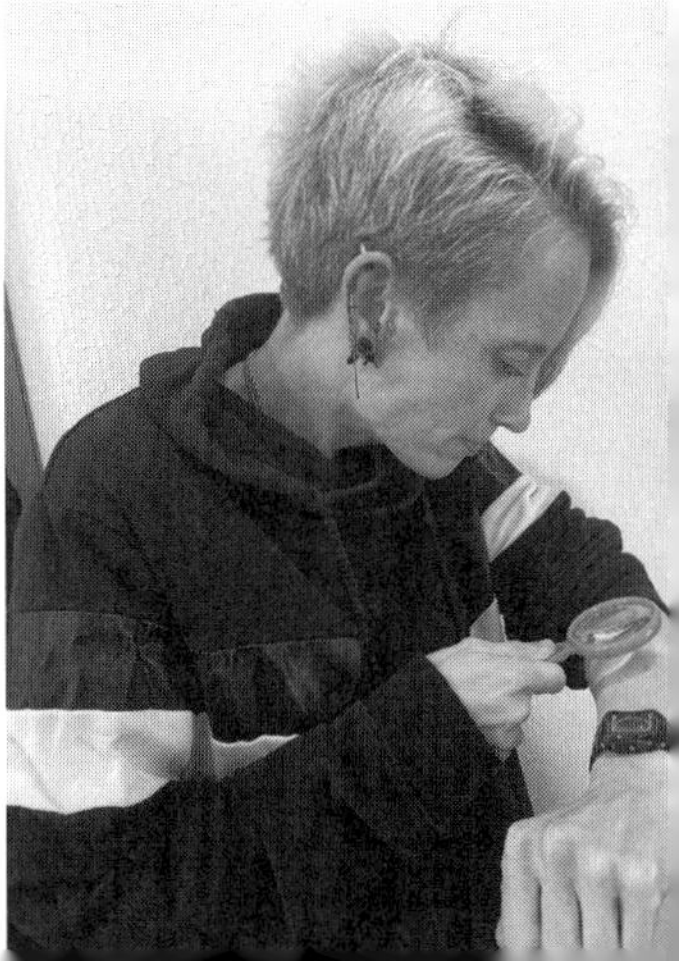

毛穴はどこ
だったっけ？

気絶しそうになった。それまで読んだ本の中に、「頭と体を洗ってから湯船に入る。そうしないと、汚い外国人だと思われる」みたいなことが書いてあった。日本人は洗わずに入ると？うそやろう？

職場とSNS（会員制交流サイト）でいろんな人に問い合わせた。7割くらいは掛け湯だけ。3割くらいは全部洗う。温泉ではほとんどの人は洗うけど、みんなじゃない。

「何で掛け湯をして、30秒くらいつかって、上がって、また入ると？面倒くさくない？」と聞いたら、答えは「毛穴を開かせるため」だった。そうか。英語では「open up your pores」というけど、人生で「毛穴」について深く考えたことはなかった。アメリカ人の夫も掛け湯だけで入ってみた。結論は、やっぱり面倒くさい。だから、一生毛穴を開かせられないかも。かわいそう。

文化の違いは面白すぎ。今回の件は、バリ勉強になった。思い込んでいたものが、実は違うことがある。いろいろ調べた後、家に戻って、子どもたちに謝った。怒ってごめんね。ママもまだ勉強中。

Q & Anneちゃん

他にびっくりしたことはあった？

日本の和式トイレがようわからんかった。前の家に住んでいた時、一年以上も逆向きに腰掛けて使いよった。なんでトイレットペーパーが私のうしろにあるのか、ちっともわからんなぁと思った。便座ヒーターや温水洗浄便座は、最初は不思議に思ったけれど、今は、すげーと思う。

なかなか英語に訳せない「適当」

数年前、アメリカへ遊びに行った。日本は私のホームやけん「帰った」と言いたくないバイ！

そのとき、タコス屋で、キッズセットを二つ注文した。会計を済ませてから、一つしか払ってないことに気づいた。私は慌てて「一つしか払ってないんですけど」と言ったら、返事は「いいよ！払わんでよかろう！」。マジで？うれしかったけど、それはあなたが勝手に決めていいと？こういう「適当」はアメリカによくある。

なのに、英語には「適当」に当てはまる一つの英単語はない。面白くない？バリバリ適当な国なのに、その適当な行動を簡単には説明でき

アメリカでも日本でも、
炒り豆が好き。

ない。その文脈によっては、「about」「do what you want」「wing it」「nonchalant」など表し方が違う。日本人も「適当」が好きなときがあるけど（料理とか）、アメリカ人の大好きな「適当」は許さない。お金のこととか、レジの人の判断に任せることは、マジあり得ない。

別の日、アメリカのスーパーで、あまりアメリカ人に知られていない炒り豆を買いに行った。レジに持っていったら、値段が付いてなかったけん、レジの人はこう言った。「これはいくらか知ってる？ドンマイ！1ドルでいいんじゃない？だって、これは何か分からん！」。レジの人は優しかったか、値段を調べるのが面倒くさかったか、分からない。とにかく、私は安い炒り豆をゲットした。

私は、アメリカの「適当」が結構好き。なんか、落ち着く。ただ、大事なときはやめてほしいな。アメリカの大学で授業をしていたとき、大学の生協は、教科書の注文を忘れた。それも2回も。教科書なしでは、授業できないやん！職場での「適当」は困るバイ。やっぱり、アンちゃんは日本人になりかけやん！

Q & Anneちゃん

「適当」を許さない、細かすぎる日本人をどう思いますか？

適当を許さない時がたくさんある反面、料理の時は、多くの人が「適量」とか「適当」と言うけん、面白いなぁ、と思った。

エリック・クラプトンは大便になった？

外国語を使うゴールは、いったい何？　私は、相手とコミュニケーションを取ることだと思う。言いたいことが伝わったら、「成功した！」って感じ。やけん、発音はあまり気にせんでいい。相手とコミュニケーションが取れたら、ちょっとなまってもよかろう？

けど、日本人は発音が気になる。日本人がかわいそうやん。だって、日本語は母音が5個しかないけど、英語は十数個～20個もある（地方によって違う）。

そして、勉強熱心な日本人は延々と、lとrの発音を練習する。lと

スタバは「バニラフラペチーノ」が美味しいバイ！

ｒの発音が悪くても、通じるときが多いけど、ヤバイときもある。例えば、rice（お米）と lice（シラミ）。うん、ヤバイ。アメリカで「I like lice .」と言ってしまったら、バリ恥ずかしいバイ。ちなみに、日本のシラミ用シャンプーは最高！あいつらはすぐ諦める。

脱線してごめんね。他にも危ない単語がある。clap（拍手）と crap（大便）。あるＣＤ店では、有名なアメリカのミュージシャン「Eric Clapton」が「Eric Crapton」になっていた。かわいそう。

他にも、発音の区別が難しい単語に、bowling（ボウリング）と boring（つまらない）、work（働く）と walk（歩く）がある。学生たちは、なかなか区別ができない。だから、歩くことが大好きな学生は、「I like to work .」と言ったことがあるかも。まぁ、上司はきっと喜ぶけど。

そして、アメリカに留学している日本人の一番の悩みは、間違いなく、スタバ（カフェのスターバックス）で「バニラフラペチーノ」が通じないことだ。発音が全く違う。だから、授業では練習させる。だって、バニラフラペチーノが注文できんかったら、アメリカに住めんバイ！

Q & Anneちゃん

なぜ日本人は「英語の発音が苦手」なのでしょうか？

日本語にはない音がたくさんあるけん、日本人にとって英語の発音は難しい。そして、日本人は音を一つ一つ発音する。英語は音を繋げているから、そういう風に言わないと、正しく発音ができない。

見た目で判断せんでくれ！

去年、私は空港の税関で麻薬密輸の疑いで止められた。最初はあまり何も思わなかったけど、時間がたつほど、ちょっと腹が立ってきた。何？この質問。マリファナクッキーを持っているかって？

その後、「仕事は何ですか」と聞かれた。大学の教員と答えたら、税関のお兄さんはにこにこして「ええ？ 全然見えないね！」と言った。ちょっと待って。大学の先生って、どんな感じ？

褒め言葉だったかもしれんけど、その時はそういうふうに受け取れんかったなぁ。それで、止められた理由が分かった。外国人だからじゃなかった。間違いなく、見た目だった。アンちゃんは確かにヤンキーっぽ

広辞苑が大好きな、
ヤンキー准教授。

い。

税関の職員は、怪しく見える人（私は全然怪しくないけど）を止めて質問する権利がある。それが仕事なんだ。ただ、「大学の教員に見えないね」ってちょっと言わんでほしいなぁ。自分に１００パーセント自信があったけど、その言葉で自信がなくなった。もしかしたら、髪型が極端すぎ（バリかっこいいけど）？　ピアスがありすぎ？　黒以外の洋服を着た方がいいのかな。

いや、それはイヤだ。アンちゃんはアンちゃんだ。変わる必要は全くないバイ。ヤンキーに見えるけど、私はしっかりしている准教授。子どもを愛するママ。日本が好きすぎてたまらんアメリカ人。

税関のお兄さんは全然悪気がなかったから、怒ってない。どんな国でもそういうことが起こるから、日本のことも責めてない。ただ、見た目で人間を判断することはよくないと思う。人間の能力は、見た目と関係ないからさ。もしかしたらあなたの周りに、見た目が怪しい天才がいるかも！

Q & Anneちゃん

アンちゃんのタトゥーについて教えてください。

アメリカでは、タトゥーは普通だ。人口の大体 1/3 は、タトゥーがあると言われている。アメリカでは、タトゥーは個性を表すものやけん、特に悪いイメージはない。私には３つある。手首に彫っているやつが一番、私にとって意味がある。英語で warrior と書いてある。意味は「戦士」だ。今までの人生、色んな大変なことがあったけど、戦士のようにその試練を乗り越えてきた。今も試練に遭った時、そのタトゥーをみると、頑張る勇気が出る。

お買い得の28万円のCTスキャン⁉

日本の医療制度は、どんだけ素晴らしいかって知っとう？ バリ使いやすいし、公平だ。「アメリカの医療制度は恐ろしい！」って何回も聞いたことがあるけど、今日は理解しやすいように具体例をあげるね！

まず、保険料。保険会社や家族構成によって、金額は変わってくる。知り合い（８人家族）は、毎月の保険料が13万円だ。ヤバくない？ 保険料が高くて、払えない人がたくさんいるのがアメリカでは問題になっている。でもそれだけじゃない。医療費も高い。彼の場合、家族で年60万円までの医療費は全額自己負担だ。「60万円って1年で超える？」と思うかもしれんけど、簡単に超える。

私は、アメリカで尿道結石ができたとき、ＣＴスキャンを勧められ

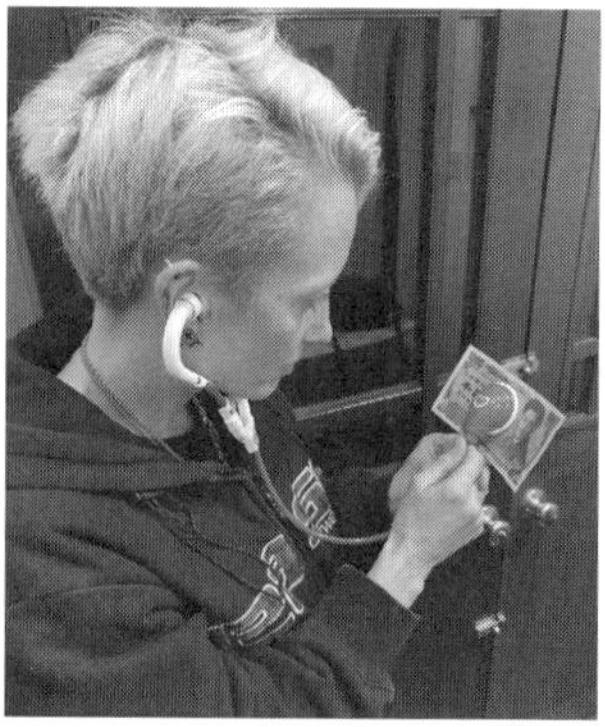

今、アメリカの
医療制度は重症。

た。旅行保険に入っていたので、「現金払いなら75％オフ。28万円でいいよ！」って言われた。えーと、ノーサンキューです。しかも、交渉できるって。バリ面白い。日本では保険がなくても3万円くらいしかしないから「日本に戻って、検査して、おまけにテレビが買えるやん！」と思った。結局我慢して、自然に石が出た。

アメリカは良いところがたくさんあるけど、医療制度が恐ろしすぎるから、行くのがめちゃくちゃ怖い。一番高い旅行保険をかけて、病気にならないように必死に祈る。日本の医療制度は完璧じゃないけど、アメリカみたいに病気で破産する可能性はほとんどない。重病になっても、たいていの場合、高額療養費制度とか生命保険があるから、安心だ。

病気になることは相当不安だ。その上、お金の心配があったら、不安は増えるに違いない。他の国の制度を知ることで、自分の国の良いところと、悪いところがはっきり見えてくるよね。だから、もしあなたがCTスキャンをするとき「バリ高っ！」と思ったら、アンちゃんの話を思い出してね！

Q&Anneちゃん

アメリカより高いものもありますか？

あるよ！ 例えば、敷金と礼金。アメリカにはそういう制度がないけん、こっちに来てバリびっくりした。初めてのアパートは神戸だった。そこの敷金と礼金は計10カ月分やったけん、母からお金を借りないかんかった。

英語になった日本語

今、アメリカでは日本ブーム。漫画やアニメはずっと前から人気だったけど、今は抹茶とかお弁当もはやってる。同時に、日本語の単語もちょこちょこ英語に入ってきている。sushi や karaoke や karate は前からあったけど、matcha や edamame も英語になった。でも他にもたくさんあるよ。聞きたかろう？

まず、skosh。ハリウッドの番組で聞いたことがある。「少し」からきたバイ。意味は一緒。「Could you move a skosh ?」（少しどいてくれる？）という感じ。

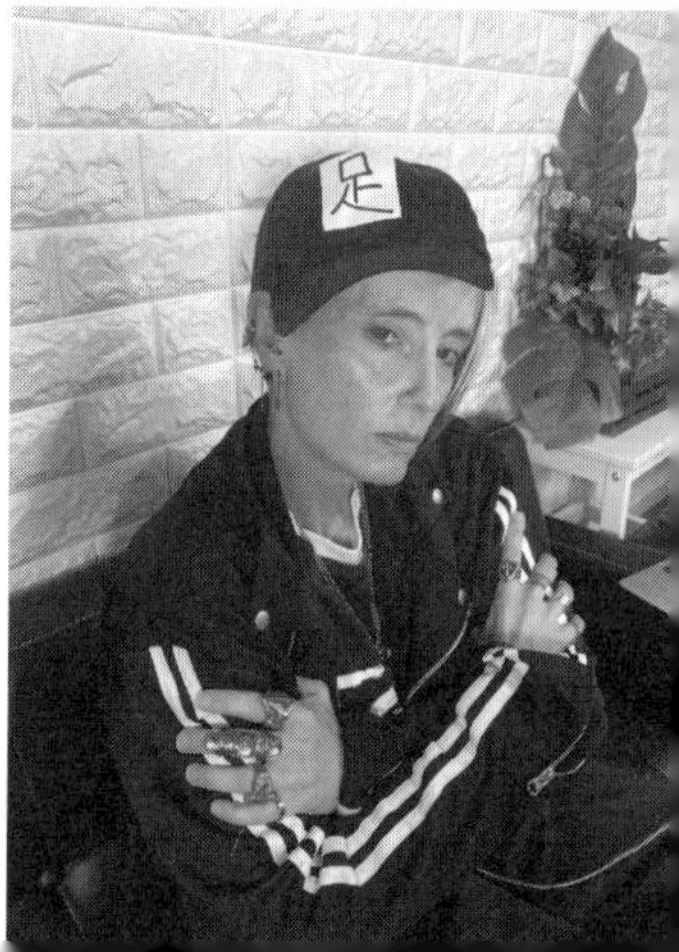

この帽子ならヤンキー感は半端ない！

もう一つは「head honcho」。honchoは日本語の「班長」から来た。ただ、英語ではheadが付くから、「班長の班長」になる。ウケるやろう？でも同じようなことが日本でもある。北九州で、「Ongagawa River」というサインを見たことがある。えーと。「遠賀川川？」。言葉は面白いね！

漢字もはやってる。数年前、スポーツチームの帽子に漢字が書かれていた。Tigersは「虎」、Bearsは「熊」。まぁ、それはいいけど、訳しにくいやつはヤバかった。「Yellow Jackets」（スズメバチ）は、残念なことに「虫」になった。「虫」と書かれた帽子をかぶりたくないバイ。「Tar Heels」（タールの付いたかかと＝ノースカロライナ州の住民）は「足」になった。ださいやん！

でもまぁ、いいんじゃない？最近は良くなっているけど、日本人も訳わからん英語が書かれているTシャツが好き。訳すと、「キラキラ。庭を来年、先生。アイスクリームに付いていく」みたいな感じ。でも海外に行ったら、着ない方がいいかも。私はアメリカで「足」の帽子を見つけたら、絶対に買うバイ！

Q&Anneちゃん

アンちゃんの好きな「漢字」は？

アンちゃんの好きな漢字は「友」です。高橋克典さんの番組に出演した際、筆で書かんといけんかったけど、バリ下手な「友」やったけん、漢字を練習せないかんと痛感した。「宗像」も大好き。そして「癒」されるも。「宗像」の漢字に「癒」される。

一応大学の准教授

アメリカにいたとき、長くアメリカに暮らしている日本人の女性に出会った。彼女が聖書のことに詳しかったけん、「あなたはクリスチャンですか」と聞いた。彼女の答えは「一応」だった。

一応クリスチャン、って？ 何か、神様に申し訳ない気持ちになるね。彼女は真面目じゃないクリスチャンなのか、謙遜してそう言ったのか、今も分からん。

「一応」みたいに、英語に訳しにくい、日本語の曖昧さを表す単語がたくさんある。「適当」「微妙」にもぴったりの英単語はない。バリ不便だ。

「一応」の漢字を書けないから、一応友達に書いてもらった。

日本語で「一応」は、主に二つの場合に使う。「とりあえず」みたいな意味があるやろう？ こういうときは英語で「for now」「for the time being」と訳す。

問題は、二つ目の使い方。「一応クリスチャンです」の場合ね。一番良いのは「I guess. kind of」かな。でも、それを使うと、手抜きや適当って感じがする。

例えば「Well . I guess I am kind of a mother , so I have to cook dinner .」（一応お母さんやけん、ご飯を作らないかん）みたいに。

文化と言葉のつながりは半端ない。日本人は謙遜も曖昧も好きだから、それらを表す言葉の数も多い。日本人の友人たちに「一応クリスチャン」の話をしたら、半分は彼女が真面目なクリスチャンじゃない、半分は謙遜してそう言った、と解釈した。面白くない？ 日本語は曖昧すぎて、外国人だけじゃなくて、日本人も訳わからんくなる！

もしアンちゃんが「私は一応大学の准教授だ」と言ったら、日本人はどういうふうに読み取るやろか。言ってみようかな…。

Q & Anneちゃん

他に曖昧な単語は ？

「なんとなく」はなかなか英語に訳せない。ある日、学生に「どこに行きたいですか？」と聞いたら、彼が「カナダ！」と答えた。「なんで？」と聞いたら、「なんとなく」と答えた（笑）。英語ではなんというかな……なんとなく意味はわかるけど、どう訳したいいか。一応 Umm , I dunno . I just do ! にする！

日本語を話してアンちゃんは、Happy！

日本に来た当初、全然日本語が話せんかった。まあ、「トイレはどこですか」ぐらいは知っていたけど。毎日、日本語で苦労していたのにもかかわらず、あまり勉強する気にはなれなかった。「日本に住めば日本語はうまくなるから、何とかなるさ！」みたいな考え方やった。どうやったら勉強したことがない言葉を急に話せるようになるのか、あまり考えなかった。

日本に来て数カ月たったころ、ホームステイ先から自分のアパートに引っ越した。日本人っぽく洗剤を買って、近所に引っ越しの挨拶をしに行った。トントンした後、中から「誰ですか？」と聞こえた。ヤバイ。どう答えたらいいか、分からんかった。しばらく考えた後、「外人です！」

日本語まみれで
超～ハッピー！

と答えた。はは。その日から、日本語を勉強し始めた。

あれから、20年たった。今、日本語がペラペラに話せるけど、逆に英語がおかしくなった。秘密ね！　北九大に言わんで！　それは冗談で、本当は英語はまだ大丈夫やけど、単語が出てこないときがたまにある。日本語の単語を、そのまま英語の文章に入れることもよくある。例えば、玄関、携帯、駅、弁当、水筒。この単語たち、ほぼ英語では言わない。うちの家族のみんなもそう。何でやろう？　日本語の方が言いやすいからかも。

言葉は不思議よね。もちろん母国語の英語の方がうまいけど、日本語を話しているときの方が、アンちゃんの個性が出るような気がする。日本語を話しているアンちゃんは、ハッピーなアンちゃんだ。家では基本、英語を話すルールがあるけど、一番そのルールを破っているのは私だ。日本語モードに入っちゃったら、なかなか英語に切り替えることができん。けど、私のアメリカにいる母に怒られないように、子どもと英語で話すことを頑張るバイ！

Q & Anneちゃん

日本語の習得は簡単でしたか？

はっきり言って、泣くほど難しかった。いったい何万時間、勉強したやろう？　何億回、恥ずかしいミスをしたやろう？　私の今の日本語は、言葉の才能があるわけじゃなくて、めっちゃ努力した結果バイ！　けど、まだまだ満足はしない。毎日知らない単語や文法に出会うけんさ。けど、これはいいことだ。大好きな日本語の勉強は一生終わらん！

名前で悩まされている、我々外国人

先月、確定申告のために税務署に行った。番号札を取ってから、100人弱が待っていることに気付いた。「待っている間に、めちゃくちゃ仕事ができるやん！」みたいな前向きな考え方やった。でも結局、1時間ちょいしか待たされなかった。なんか、病院も同じじゃない？「先生はどうやって1時間で75人もの診察ができるの？」と不思議に思うよね。

とにかく、パソコンにいろんな情報を入力する段階で自信がなくなって、税務署の職員に手伝ってもらった。名字の「クレシーニ」の長音符号（ー）で、彼女を困らせた。全角でも半角でもエラーになり、次のスクリーンに進めんかった。やっと問題が解決したけど、どこかにスペー

自分の名前もわからなくなった…。

スがあり過ぎたらしい。

でも、名前の入力の問題は終わっていなかった。家族全員の名前を入れないといけないところがあり、夫の名前が引っかかった。「名前が長過ぎるのかも。10文字以内じゃないと入力できない」と言われた。爆笑した。名前が長過ぎるって、どうしたらいいと？ローマ字でもカタカナでも無理やった。職員に「タイ人が来たら、どうする？タイ人の名前はバリ長いけん、30文字は超えるかも！」と言った。2人でいろんな作戦を考えて、夫の名前を「クレシーニR.」にした。ウケるやろう？結局、これで成功した。

私は全然怒らんかった。逆に、記事のネタが見つかってうれしかった。ただ、これから日本に住む外国人は増える。書類上、なんとかせんといけん。私は18年間日本に住んでいる。銀行やクレジットカード関連で、名前の書き方、入力の仕方などで、30回以上は困ったことがある。名前を短くすることは無理やけん、外国人の名前が正式な書き方で通用するように日本の政府が統一してくれたらうれしいなぁ。

Q&Anneちゃん

他に名前で困ったエピソードがありますか？

インターネットで8回くらい楽天カードの申請に失敗した。名前の入力の仕方がだめやったけど、何故だめなのか、教えてくれんかった。やっとこさでできたけど、どんだけ時間を無駄にしたやろう？

2年間揺さぶられる車って？

アメリカには、「車検」の制度は存在しない。日本に来たばかりのとき、外国人向けのフリーペーパーにローマ字で「shaken」と書いてある広告を見た。英語でshakenは「ゆらゆら揺さぶられる」という意味だから、その広告で「Shaken for two years !」（2年間車検代を払わなくていい！）というのを見たとき、不思議に思った。2年間、揺さぶられる車って？

アメリカでは毎年、車を点検に出さないといけない。問題があれば修理するまで、その車は使えない。けど、問題がなかったら、点検代は1500円ぐらいで済む。よかろう？日本の車検代は何万円もして高くない？車の価値より高いことがあるから、車検前に廃車にする人が

車検が高くても、
マイカーが好き。

多い。私もそうしたことがある。

次に、自動車学校。私は運転の仕方を高校で無料で習い、試験場で試験を受けた。アメリカでも自動車学校はあるけど2万~5万円しかかからない。試験の難易度もまちまちで、私が受けた所は筆記も実技も楽チンやった。まっすぐ運転して、誰もいない駐車場に停めた。以上。合格。

日本で運転免許を取ろうとしたとき、死にそうだった。自動車学校が30万円もすると聞いて、試験だけ受けることにした。それで練習する場所がなかったから大変だった。ハンドルも車線も、アメリカとは正反対。筆記は1回で通ったけど、実技は3回も落ちた。脱輪。脱輪。脱輪。友達は9回落ちた。私は、やっと4回目、あのつまずきやすいクランクとSカーブを無事に通って、免許が取れた。あまりにもうれしくて、泣きそうになった。

それから10年たった。日本の道に慣れているから、アメリカにいくたびにウインカーとワイパーを間違える。でも、違う車線を走ることは、まだないバイ！

Q & Anneちゃん

アメリカの高速道路も高いですか。

アメリカの高速道路の料金は、州によって違う。私の故郷のバージニア州では、高速道路は無料だ。けど、となりのウエスト・バージニア州は有料だ。いずれにせよ、有料の州でも日本の高速道路ほど高くない。ちなみに、「いずれにせよ」は大好きだから、いつも使う機会を探す！

Don't 忖度 me！

先月、友達の家族をアメリカに連れて行った。子どもたちは、３年ぶりにおじいちゃんとおばあちゃんに会えて、バリ楽しそうだった。けど、８人分の航空券代は半端なかった。

夫は旅行会社に電話して「一番安いチケットが欲しい」と言った。旅行会社の人は「分かりました！」と予約してくれた。安いチケットだったから、24時間以内に全額を振り込まないといけなかった。急に貯金が減るけん、泣きながら銀行に行って、頑張って稼いだボーナスを振り込もうとした。

けど、ショッキングなことに気付いた。請求書の一番下に「変更は一切できません」と書いてあった。ちょっと待って。こういうチケット、買っ

大好きな兄（左）と弟（中）と一緒に野球観戦。

たことないな。８人分の変更できんチケットは、相当なリスクだ。夫もびっくりしていた。

それで私が、変更可能なチケットにできるか旅行会社に聞くと、「できるけど、韓国で待ち時間がバリ長いけん、それはいいと？」みたいな返事が来た。「僕は忖度《そんたく》されたやん！」と夫は言った。大人２人と子ども６人の旅だから、面倒くさくなる韓国の１泊は望ましくないなと、旅行会社が勝手に決めた。私は「忖度」の意味が分らんかったけど、今なら完全に分かる。

結局、韓国経由のチケットにしてもらい、20万円ぐらい安くなった。うちらのことを考えてくれたことはありがたいけど、あまり忖度されたくないなぁ。自分の意思でいろいろ決めたい。

「忖度」の概念はアメリカにもある（特に政治）けど、なかなか良い単語がない。conjecture と surmise かな。日本では昨年、「忖度」と「インスタ映え」が、流行語大賞に選ばれた。来週「インスタ映え」について書くバイ。お楽しみに！

Q&Anneちゃん

アンちゃんのご家族も、日本に縁がありますか？

そうね。兄は日本の会社に勤めていて、３年間日本に住んでいた。やけん、少し日本語が話せる。弟はバイトで日本人の観光客にテニスを教えていたけん、彼も少し日本語がわかる。

「インスタ映え」バイ！

先週、「忖度《そんたく》」について書いたけん、今週は「インスタ映え」について語るね。どちらも去年の流行語大賞に選ばれたからさ。考えたら、変な組み合わせやね。若い人は多分「忖度」を知らんし、一方、「インスタ映え」を聞いたことがない年配の方はたくさんいると思う。でも「インスタ映え」を気にしているお年寄りはかっこよくない？　おばあちゃんが、「自撮りの写真をネットにあげる前に、インスタ映えするように編集せないかん！」と言ったら、ハグしたくなるやろう？

私は、去年初めて「インスタ映え」という言葉を聞いた。けど、聞き

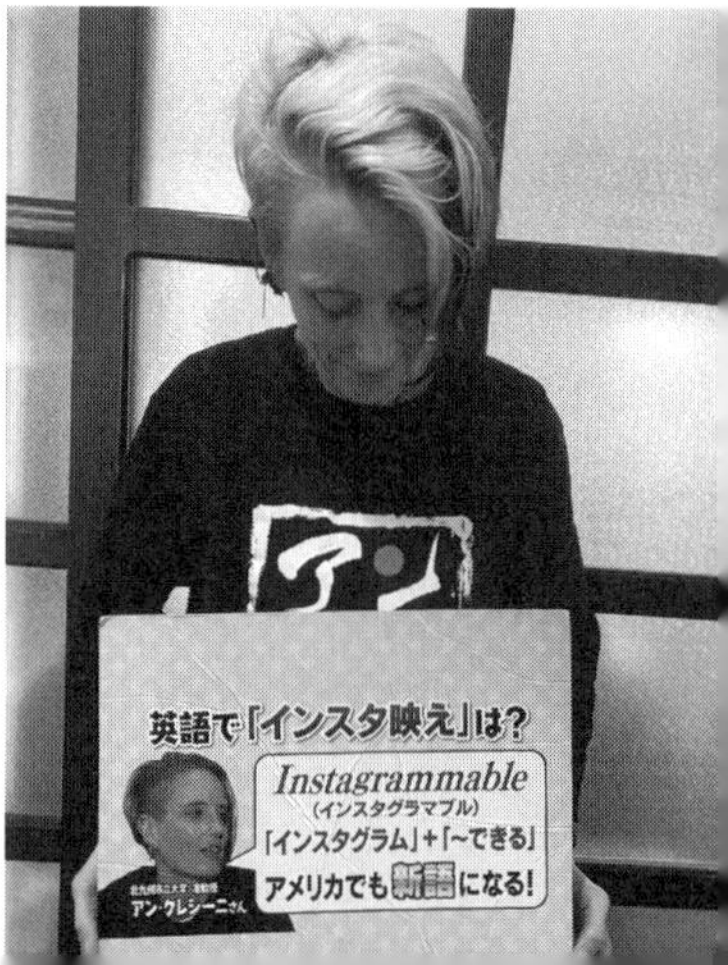

テレビのフリップとのツーショット。

間違えて、「インスタバイ！」だと思っていた。博多弁の新しい単語は超かっこいい！　友達は笑った後、その勘違いを直してくれた。

「インスタ映え」は、ＳＮＳ（会員制交流サイト）の「インスタグラム」と「映える」が合併した新語だ。見栄えがする写真のことで、インスタグラムにあげる前に撮った写真を編集して肌や顔をバリきれいにしたりもする。そのことに私は、ちょっと抵抗があった。だって編集し過ぎたら、私じゃなくなるやん！　けど、ある日友達に教わってやってみたら、あのいらんしわをなくしてみても、アンちゃんはアンちゃんだった。うん、たまにやることにする。

「インスタ映え」の英語はいくつかあるけど、一番使われているのは、Instagrammable。英語の Instagram と able（できる）からきた。他の似たような単語に、Facebookable があったけど、今それは死語やね。日本語でも「インスタ映え」しかないよね。インスタグラムが写真専用のＳＮＳだからかな。響きもすてきな単語よね。でも、博多弁にしたら、もっとかっこよくなる。「インスタ映えバイ！」を全国にはやらせよう！

Q & Anneちゃん

インスタなど、ＳＮＳは使っていますか？

実は私、かなり重度の「ＳＮＳ依存症」かもしれない。インスタ、Facebook、Twitter、YouTube、Clubhouse、LINE、ブログ、全部やっている。ヤバい。

宗教と文化は一緒だ

日本人に宗教のことを聞いたら、ほとんどの人が「無宗教だ」と答える。なのに、日本文化の多くは、神道と仏教に影響されている。ある日、学生と日本文化について話したとき、「神道って何？」と聞かれた。バリびっくりした。調べたら、多くの学生が「神道」という単語を知らないことに気付いた。「神道は神社だよ」と言うと、「そうなん？　分かった！」みたいな返事だった。その日、日本の神道は宗教というより生き方かも、と思った。

私は大学で宗教を専攻したけん、宗教に相当興味がある。神道、仏教、儒教は、日本文化に密着しているので、宗教と文化を分けられない。私が信じているキリスト教は、日本の宗教と違って、一神教だ。キリスト教の神様にしか礼拝をあげることができない。

宗教について考えている。

私が18年前、来日してからの一番の悩みは、どうやって自分の信仰に忠実でありながら、日本文化や日本人を愛せるかということだ。日本の祝日や行事は、ほとんど神道か仏教に関係しているから、どれに参加していいか分からない。七五三は？　節分は？　おみこしは？　盆踊りは？　現代の日本人はこれらが１００パーセント宗教の行事とは思っていないだろうけど、由来は宗教に違いないから悩む。けどさ、考え過ぎたら日本に住めなくなる。もし何かの行事に参加しなくても、アンちゃんの気持ちを理解してくれる？　何よりも大好きな日本の文化を拒否していると思われたくないなぁ。

私の大親友は日本の宗教に興味がある京都人だ。彼女からいろいろ教えてもらった。一緒にお寺と神社に行くたびに、日本の心とか世界観を少しずつ分かってきたような気がする。

日本に住んでいる限り、私は悩むかもしれない。日本の友達も私のことを理解できないときもきっとある。けど、意見が違っていてもお互いを理解しようとする心が一番大事なことなんだ。

Q&Anneちゃん

ご近所の宗像大社が世界遺産に選ばれてビックリしたのでは？

友達と世界遺産認定の発表を見たけど、なんかもう、宗像プライドがハンパなかった。実はアメリカ人は全然、世界遺産に興味ないし、学校でもほとんど教えない。日本人の「世界遺産ラブ」はちょっと不思議やけど、私は全国に「宗像の魅力」を発信していきたいと思う！

「イミフー」は意味不？

私は一生懸命日本語を勉強してきた。けど、若者が話す日本語は、私が勉強した日本語じゃない。「めんどくさい」「ヤバい」「マジ」「微妙」「意味分からん」「知らん」さえ分かれば、若者と会話できる自信がある。

2年前、お年寄り向けのイングリッシュカフェに行った。そこで、私は大学の先生よ、と言ったら、参加者の一人に聞かれた。「えーと、ヤバいって、どういう意味ですか」。あのバリかわいいおじいさんに、若者の「ヤバい」の使い方を教えてあげた。

今回語りたい日本語は、「意味分からん」だ。子育てしている親は、一日に何回も言われているに違いない。反抗期中の子どもだったら、何

アンちゃんママにとって、これはイミフ。

十回かも。もともと「意味が分からない」の意味は、文字通り「分からない」とか「なぜそうなっているか理解できない」とかだ。でも若者の「意味分からん」は、「意味を分かりたくない」「言われたことに納得いかない」みたいなニュアンスだ。ずっと、この「意味分からん」の意味が分からんかったけど、やっと分かってきた。

英語での「意味が分からない」は、「I don't get it」「I don't understand」「That doesn't make sense」など。でも、若者の反抗的な言い方の「意味分からん」はきっと、「Whatever」だ。アメリカ人の親は、子どもに「Whatever」と言われたら、本当に頭にくる！

私の周りでは「意味分からん」のきょうだい、「イミフー」が使われているみたいだ。「意味不明」が長過ぎて面倒くさいけん「意味不」と略されている。ウケるやろう？　でも、私の一番好きな略語は「んなわけ」だ。「そんなわけないやん！」の略なんだ。親として若者の反抗期用語はあまり言われたくないけど、やっぱり、言語学者としてはこういう略された日本語がバリ好きっちゃ！

Q&Anneちゃん

アメリカ人はタコが嫌い？

シーフード好きな人はタコが好きかもしれないけど、内陸部に住んでいてほとんど魚類を食べたことがなかった私は、すごくタコに抵抗があった。タコスは大好きやけど。今ではタコが大好きだけど、母親が日本に来た時、たこ焼きパーティーをやって、その時の絶叫が忘れられない…「紫色のモノを食べるなんてありえない！」。田舎者の母は、色がついている食べ物が苦手らしい。

ほうじ茶に Fall in Love ♡

私はスイートティーで有名な、アメリカの南部で生まれ育った。アメリカのスイートティーを飲んだことある？ 説明できないくらい甘い。けど、多くの南部の人は、水のように飲みよる。うちの母のスイートティーは伝説的だ。2リットルの容器に紅茶、お湯、砂糖200グラムを入れる。冗談じゃない。私はスイートティーが好きやけど、それはバリ太るけん、あまり飲まない。けどさ、アメリカに行くたびに、うちのキッズはスイートティー依存症に必ずなる。だからいつも日本に帰国後、「麦茶デトックス（解毒）」せないかん。

そういう環境で育ったけん、日本茶を飲むたびに「バリ苦い」と思っていた。けどある日、アンちゃんは、ほうじ茶に出会って、一瞬で恋に

急須とほうじ茶は
欠かせないもの。

落ちた。なぜ、16年間も日本に住んどったのに、こんなにおいしいものを一回も飲まんかったと？

その日からほとんど毎日、コンビニに温かいほうじ茶を買いに行った。けど、「季節限定」が好きな日本やけん、春になったら温かいほうじ茶は店頭から消えてしまう。刹那的だなぁ。

親友のマキコは、夫が宗像のお茶屋さんだ。彼女からお茶の魅力を教えてもらった。ほうじ茶だけじゃなく、「お煎茶」の素晴らしさも分かってきた。そんなマキコに「なんで春になったらコンビニの温かいほうじ茶は消えると？」と文句を言うと、全然同情してくれんかった。「自分で入れたらいいやん」と言われた。そうか、自分でお茶を入れるんだ。考えたこともなかった。けど今は違う。マキコに急須をもらって、自分でお茶を入れられるようになったバイ！

日本茶が好きになったアンちゃんは、スイートティーは飲まないけど、甘いものが好き過ぎてたまらん。うれしいことに、親友のお茶屋さんにはほうじ茶ソフトがあるバイ。一石二鳥だ！

Q & Anneちゃん

好きな日本の甘いものは？

お菓子など、日本の甘いものは、実は全然甘くない！（笑）。そして、甘さに関する考え方も、やっぱり違う。日本の子供に「好きなデザートは何？」と聞いたら「果物！」と答えた。アメリカの子供だったら、きっと「チョコレート、キャラメル、ピーナッツ、生クリーム、アイス！」と答える。私は、ほうじ茶ラテやほうじ茶チョコが好きだ。日本人の友人と一緒にアメリカに行った時、彼女はアメリカンフードの甘さにびっくりして、「ずっと歯が汚れている感じだ！」と言った。

英語にない概念「単身赴任」

言葉と文化はつながっている。やけん、その文化に、ある概念がなかったら、その概念を表す単語も存在しない。例えば、アメリカ人は「怖いから運転しない」という人はあまりいないけん、「ペーパードライバー」を表す英単語もない。私の研究で、アメリカ人174人に「Paper Driver」の意味を聞いたら、正しい答えは1人だけだった。ペーパードライバーは、バリ立派な和製英語なんだ。

「単身赴任」も同じような単語だ。友達や学生から、「お父さんは中国で働きよる」とか「お父さんは東京に住んでいるから年に数回しか帰ってこない」とか、よく聞く。ええ？ なぜ家族で行かんと？ 相当悲しい

大好きな宗像からは離れんバイ。

気持ちになった。でも、友達は平気だった。

アメリカでは、米軍の派遣はもちろんあるけど、それ以外の単身赴任は本当にまれなんだ。考え方の違いが大きい。日本では、子どもが家族の中心になっている。やけん、お父さんの転勤が子どもの受験勉強や部活の邪魔になるなら、お母さんと子どもは一緒に行かない。一方、アメリカでは、子どもはしばらく大変かもしれんけど、やっぱり何よりも家族がバラバラになりたくない。違いは、面白くない？他の国に行くと、自分が当たり前だと思っていることが、当たり前じゃないことに気付く。

単身赴任を表す英単語は存在しないから、「違う都市や国に転勤になったとき、家族を連れていかないこと」と説明しないといけない。バリ長くない？いつか「tanshin funin」は、matcha や sushi や karate と同じように、そのまま英語になるかもしれん。

文化の違いや歴史はいろいろあるけど、できれば、家族は一緒に暮らしてほしいなぁ。でも現代の日本では、難しいときもある。そういう家族をアンちゃんは応援しているバイ！

Q & Anneちゃん

他に英語に訳しにくい日本の単語は？土下座？

確かに「土下座」はない。「ご縁」「憧れる」「さすが」「反省」もなかなか訳せない。

アメリカで逆カルチャーショック⁉

４年前、仕事で1年間アメリカに行った。正直、行きたくなかった。日本の生活は快適で楽しかったけん、離れたくなかったからさ。アメリカに着いたら、税関の人に「Welcome home！」（お帰り）と言われた。私は「ここは私のホームじゃない」とつぶやいた。ウケるやろう？

あまりにも、アメリカにいたくなかったけん、態度がバリ悪かった。そして、「逆カルチャーショック」が半端なかった。英語で「reverse culture shock」という。自分の生まれ育った所から長く離れて、戻ったら、外国人と同じようにカルチャーショックを経験する。

久しぶりのアメリカで、最初のころは何を食べたらいいか分からずに、よく泣いた。何でシリアルは１００種類もあると？ 何でこんなに

ＴＫＧにバンザイ！

大きな声で話すと？　家族や友達に会えるのはもちろんうれしかったけど、大好きな宗像に帰りたくてたまらんかった。

ある日、弟から「姉ちゃん、アメリカが嫌いなの？　うちらと一緒にいたくないの？　アメリカの悪口を言ってばっかりだからさ」と言われた。その言葉はめっちゃ刺さったけん、深く反省した。で、残りの10カ月間を楽しむと決心した。どんなに食べ物が甘くても、どんなに大きな声で話し掛けられても楽しむバイ、と決めた。

残りの時間はマジ楽しかった。たくさん仕事ができたし、家族と貴重な時間を過ごせた。人間は自分のいる場所や状況を決められない時が多い。けどさ、その状況に対しての態度は、自分だけが決められる。態度が変わると、その状況に対しての考え方も変わる。

けど、私の態度は良くなっても、逆カルチャーショックはなかなか良くならなかった。どう見ても、アンちゃんは日本人になりかけやけん。また1年間、大好きな宗像や卵かけご飯と離れることがあったら、倒れるかも！（笑）

Q & Anneちゃん

アンちゃんが好きな日本食は？

「きんぴらごぼう」「高野豆腐」、丼なんでも。

あと「ＴＫＧ（たまごかけご飯）」。

「イクメン」ってFatherでよかろう？

私の夫はめちゃくちゃ「イクメン」だ。ただ、私はイクメンという単語があまり好きじゃない。だって、私たちの子どもやけん、２人で育てないかんと思う。私も夫も仕事をしていて、一緒に家事も育児もする。たまに、「彼はよく手伝ってくれる！」という表現を言ってしまうけど、考えたら、それはおかしい日本語やね。「手伝ってくれる」と言ったら、家事や育児は主に私の仕事だ！というニュアンスがあるやろう？けど、家事は「私一人の仕事」じゃなかろう？

正直、彼の方が育児や家事がうまい。彼は洗濯物を干すのが大好き。嫌がらずに延々とできる。そして、彼は私より忍耐強い。それに対して、

娘達はトイレに行きたくなったけん、パパはアイスを見守ってくれた。

ずっと劣等感があった。私が子どもを産んだのに、何で彼のほうが育児はうまいの？ けどさ、劣等感はなくていい。人間にはそれぞれ長所がある。私はバリバリ子どもを愛している。その愛を表す方法はたくさんある。夫は忍耐強いけど、子どもは寂しいとき、「ママがいい！」と泣きながら私の方に来る。

ちなみに、イクメンに当てはまる英単語はない。妻を手伝うことは当然だから、その当然なことを表す単語は必要ない。去年、ブログの読者から面白い話を聞いた。ある日本人がイクメンのことをヨーロッパ人に一生懸命に説明しようとした。長い説明の後、そのヨーロッパ人は「イクメンの意味がやっと分かった！ お父さんのことだ！」と言った。ウケるやろう？

日本のお父さんたちの多くは忙しくて、なかなか育児や家事をできない。お父さんの仕事の負担をちょっと軽くして、楽しく育児と家事ができるような日本になったらいいなぁ。そんな日本になったら、イクメンという単語は必要じゃなくなるバイ！

Q & Anneちゃん

アンちゃんのお父さんは料理や家事をしましたか？

父はあまり料理ができんかったけど、父が作ったミートローフはめちゃくちゃ美味しかった。ゴミ捨てや庭の手入れは、父の仕事やった。でも一番母が助かったのは週末、朝から晩まで子どもと遊んでくれたこと。ボーリングに連れていってくれたり、庭で野球したり、毎週末ずっと父と一緒だった。この時間は一番の思い出になっている。

大腸検査の達人

私は人生に数えきれないくらい大腸検査をした。何回やろう？ 14？ 16？ 分からん。もしかしたらあなたは、「アンちゃんは、よう大腸のことを新聞に書くね」と思っているかもしれん。恥ずかしくないと？ 全然。人間は誰でも悩みがあるからさ。別に隠す必要はないと思う。

大学生のとき、潰瘍性大腸炎と診断された。19歳の私はかなりショックを受けて、しばらく落ち込んでいたけど、25年間かけて、この病気とどう付き合ったらいいか、どんどん分かるようになってきた。大変な時もあったけど、現在、日本料理のおかげで（特に自家製みそ）、病気は落ち着いている。

でも、2年に1回、あの恐ろしい大腸の内視鏡検査をせないかん。福

自家製味噌で
超～元気に
なったバイ！

岡に来て初めての検査をよく覚えている。準備室でバリまずい下剤を飲みながら、年配の方と仲良く話をした。普通の人は2リットルの下剤で済むけど、私の場合は元々腸が悪いけん、必ず追加になる。私は病院で伝説的な存在だ。「あ！ 腸が悪い、かわいそうな外人が来たぞ！ 追加の下剤を準備せんと」と思ってたかも。覚えてもらうのはうれしいけど、「腸が悪いから」で有名になりたくないなぁ。

日本では、大腸検査に鎮静剤を使う病院が限られている。やっと使ってくれる病院を見つけたけど、日本の薬は私のバリ強いアメリカンボディーに効かんらしい。全然眠くならんかった。前回、検査が終わった後、先生は「腸がバリ長いやん。今まで見た中でベスト3」と言った。腸（超）ウケた！

この検査はつらいけど、おかげで安心して日常生活を楽しめる。25年間、病気してきたけん、今の健康な状態は本当にありがたい。今年の夏、また検査をせないかん。下剤の追加が2リットルになっても、山ほどの祝福を考えながら喜んで飲むバイ。生きることは丸もうけだ！

Q&Anneちゃん

アメリカ人も発酵食品をよく食べますか？

アメリカでも腸内細菌が話題になっているから、すごく健康に気を付けている人は発酵食品を食べる。けど、日本の食生活みたいに一般なものにはなっていないと思う。多くの日本人は納豆、味噌、ヨーグルトを毎日食べるけど、私は子供の時にはほとんど食べなかった。今の私は、キムチや味噌をよく食べるけん、腸は超〜調子良い‼ 納豆は、どうしても好きになれないけど。

おもてなしの心

日本では、「お客様は神様だ」とよく言われている。ある日、私は薬局へ薬を取りに行くことをすっかり忘れていた。ゴールデンウイーク前でしばらく行けんかったけど、薬の余りがあったから大丈夫やった。その数日後、薬局から電話がかかってきた。「薬を取りにきてないから心配！　届けに行きます」と言ってくれた。あまりにもびっくりして、気絶しそうになった。届けに来る？　しかも定休日に？　母国のアメリカでは、あり得ないなぁ。

アメリカの接客業は日本とはだいぶ違う。お客さまは神様じゃなくて邪魔だ、と思っているような店員さんもいる。ガムをかみながら失礼な

日本では店員さんの対応に感動する。

ことを言ったり、お客さんの前で携帯電話で話したりする。私はよく、店員さんのやりたいことを邪魔しているような気がする。日本で、そういうことをしたら、すぐクビになるバイ。

一方、バリバリフレンドリーな店員さんもいる。「この洋服はめっちゃかわいい！　誰にあげると？　きっと喜ぶバイ！　孫なの？　何人いる？　写真を見たい！」急いでいないとき、こういうのが好き。急いでいるとき、困る。別の日、クッキーの生地を買おうとレジに持っていくと、レジの人はその生地の正しい焼き方について一生懸命教えてくれた。説明が詳し過ぎて、後ろの人たちは待たされた。でも、どうしても失敗してほしくなかったらしい。

私がよく思うのは、アメリカと日本の接客業はどちらも極端ということだ。アメリカではバリ失礼な店員もいるし、フレンドリー過ぎる人もいる。日本の店員さんは、めっちゃ丁寧やけど、あまりフレンドリーじゃない感じがする。アメリカンジョークで日本の店員さんを時々笑わせようとするけど、あまりうまくいかない。文化の違いは面白過ぎ！

Q&Anneちゃん　アンちゃんは、アメリカでバイトしてましたか？

はい！　たくさんしたよ！　アイスクリーム屋さん、ピザ配達、本屋さんなど。けど、一番面白かったのは、日本料理屋さん。アメリカだったけど、レストランの文化は日本やった。例えば、毎日「まかない」が出た。普通のアメリカのレストランではそれはない。そして、チップをウエイトレスたちで平等に分けた。アメリカのレストランなら、自分が接客して貰ったチップは自分のものだ。ちなみに、まかないは最高！　特に好きだったのは「親子丼」！　それから「スパイシークランチきゅうり巻き」が大好きで、たまに出してくれた。みんな「アンちゃんロール」と呼んでたバイ！

方言をしっとかないといけんっちゃ！

私は3年間、関西に住んでいたけど、あまり関西弁が出なかった。標準語を習うだけで手いっぱいやったけん、方言を話すどころじゃなかった。その後11年間、北九州にいた。その間も、あまり方言が出なかった。たまに、勇気を出して「ちゃ」とか「け」とか言ってみたけど、方言を使える自信が全然なかった。

4年前、今住んでいる宗像にきた。なぜか、私の口から急に博多弁（福岡弁？ 九州弁？）があふれてきた。不思議だなぁ。ずっと親友のマキコと一緒におるからかな、と思ったけど、彼女は京都出身。子どもの影響かな？ 私の子どもたちの博多弁は半端ない。英語はバリ怪しいけど。福岡県が好きすぎてたまらん。やけん、博多弁を話しよるアンちゃん

福岡の方言をすいとう！

は幸せだ。一応社会人だから頑張れば標準語が話せるけど、やっぱり、博多弁を話している時のほうが快適だ。英語よりも、日本語の標準語よりも、博多弁を話しよるアンちゃんは本当のアンちゃんって感じ。

アメリカには日本ほど方言がないと思う。地方によって、なまりがあったり、単語は微妙に違ったりするけど、日本みたいに、違う地方に行ったら言いたいことが伝わらない、ということはほとんどない。震災の後、東北へボランティアで行った時に、通訳者が必要なくらい言葉が分からんかった。アメリカでは、私の田舎町の英語はなまりがきついけん、都会にある大学に行ったら笑われたけど、通じないわけじゃなかった。ちなみに、ふるさとに帰るたびに、田舎のなまりはすぐ出てくるバイ。

日本語の方言は、発音や単語だけじゃなくて、「知っている」が「知っとう」みたいに動詞も変化する。それは英語にはあまりないことだ。最近、親友の影響で関西弁も「アンちゃん語」に入ってきた。「寝なはれ！」「早く行かなあかん！」とか。いつか記事の中で「それはバリいいで！」と書いても勘弁してね！

Q＆Anneちゃん

同じ英語でも、アメリカと英国ではかなり違う？

そうそう！ 表を作ってみた！

日本語	アメリカ英語	イギリス英語
車のボンネット	hood	bonnet
エレベータ	elevator	lift
アパート	apartment	flat
ベビーカー	stroller	buggy , pram
ガソリンスタンド	gas station	petrol station
入院している	in the hospital	in hospital

ヤンキーに見えるけど「炭坑節」は十八番

私はヤンキーに見えるけど、実は伝統的な日本のものがバリ好き。先月から三味線を習っている。そして今月から、着物の着付けを習う。三味線を弾いている、着物姿のアンちゃんはカッコイイと思わない？

多くの日本人は外国のものに憧れている。音楽、映画、食品。そして、言葉。私は大学で、外来語を研究している。日本語の約10％は外来語といわれている。

外来語の主な役割は、言葉にあるギャップを埋めることだと思う。例えば、インターネットを表す言葉は日本語になかったから、英単語をそのまま使っている。けど、既に日本語があるのに、外来後に取り換えることは、正直、あまり好きじゃない。「アップルジュース」じゃなくて「りんごジュース」でいいんじゃない？

三味線ライブのリハーサル。

外国のものをバリバリ楽しんでいいけど、同時に日本の文化も大事にしてほしいなぁ。コストコで、ドリンク付き１８０円のホットドッグは、たまには食べてもいいけど、いつもは栄養たっぷりの日本料理を食べよう！

先日、ラジオ番組の審査員になった。ある番組は、沖縄の歴史と方言をテーマにしていて、高校生とお年寄りの交流を紹介していた。高校生が話していることを聞いて、私は大事なことに気付いた。

若い人は、昔ながらの文化に興味がないわけじゃない。ただ、日常生活でその文化に触れる機会がどんどん減ってきているだけなんだ。教えてくれる人がいたら、多くの若い人は日本の昔の文化に興味を持つようになると思う。私は、こういう番組が全国で増えたらいいなぁとすごく思った。

私は死ぬまで日本の伝統的な文化を愛し続けるバイ。そして周りの人に、耳にたこができるくらいまで、その文化の素晴らしさについて語ります。

Q & Anneちゃん

三味線や着物の時など「正座」は大丈夫ですか？

もちろん！ 三味線も着物も正座がバリ大事だ！ 正座をしないと、三味線をなかなか正しく持てないし、いい音が出ない。最初は 10 分しかできなかったけど、しっかり練習したから、長くできるようになった。小さい正座だこもできた。やっぱ、日本人になりかけだ！

知らん人と風呂に入ったと⁉

私は3年間、有馬温泉で有名な神戸に住んでいた。けど温泉には一回も行かなかった。アメリカでは、友達でも知らない人でも一緒に入浴することはマジあり得ない。しかも当時の私は、ちょっとぽっちゃりしていて、体形にコンプレックスがあった。だから「温泉へは絶対に行かん！」と決めていた。ちなみに、英語で「ぽっちゃり」はchubby（チャビー）。かわいくない？

温泉に一回も行かないまま、アメリカに帰国した。そこで、関西外大の留学生たちと仲良くなった。みんなが日本に戻った後、会いに行きたくてたまらんくなった。9・11の直後だったから、飛行機のチケットはバリ安かった。関西に着いたら、みんなですぐ兵庫県の城崎温泉に行っ

佐賀県の嬉野温泉は憩いの場。

た。まだchubbyなアンちゃんだったから、めちゃくちゃ緊張していた。けど、決めた。体形はどうでもいい。日本の文化を味わいたい！

その時、私はショートカットだったからか、受付の人に「男性、左！」と言われた。マジで？やっと温泉に行く勇気を出したのに。その言葉はショックだったけど、すぐ忘れた。そして温泉が好きになった。

子どもたちが小さいころは、あまりゆっくりできんかった。子どもは30秒ごとに移動したがるからさ。お母ちゃんたち、分かるやろう？今は、温泉や銭湯に行くたびに面白い経験をしている気がする。ある日、外国人に興味津々のおばあちゃんが、末っ子の顔を食い入るように見つめた。ウケる。

私は温泉の魅力がだいぶ見えてきたけど、私のママは、まだ見えていない。ある日、私が「温泉に入った！」と知らせたら、ママはびっくりして親戚に電話した。「アンはね、知らん人と裸になって、入浴したバイ！」みたいなことを言った。アンちゃんは日本人になっても、アンちゃんのママはバリバリアメリカ人だ。

Q & Anneちゃん

日本の温泉には「混浴」文化もありますが、そちらも大丈夫？

無理、無理、マジで！

「いつか」は永遠にこない…

日本の文化では、曖昧さは魅力だから、曖昧さの表現もたくさんある。私はおととしまで、「それは難しいなぁ」という表現の意味が分からず、「まぁ難しいけど、できるかもしれない」という意味で受け取っていた。だって、英語では「That's difficult.」と言ったら、「難しいけど、頑張ればできる！」みたいなニュアンスがあると思う。けど、日本語の「えーと、それは難しいかも」の意味は、「無理やん。絶対にできない」じゃない？しかも「難しい」より可能性が低いのは「厳しい」だ。そうやろう？

他に、「行けたら行く」もある。もしかしたら、本当に行く気がある人がいるかもしれんけど、多くの人は「行かんバイ！」やろう？

「また今度、味噌を作ろうね～」「今度っていつ？」

英語では、同じようなことを言ったら、「本当に行きたいけど、都合が分からんけん、その場で決められない」という意味になると思う。「いつか遊ぼう」も不思議だ。本当に遊びたい気があるのかな。日本語の「いつか」と英語の sometime はどちらも永遠に来ない可能性が高いけど、「いつか」の方がバリバリ曖昧な気がする。ちなみに、私が学生に「いつかテストがあるバイ！」と言うと、学生に「5日」と勘違いされることがある。どうしたらいいかな。「いつか」と「5日」の発音は一緒？

ある店では「今日は、年会費を払いますか」と聞かれた。私は「今度」と答えた。するとレジの人は、「じゃ、○○円になります」と言った。ちょっと待って。「今度」は「今回」の意味もあると？私は「次回」の意味で言ったつもりなんやけど。

日本語は本当にアンちゃんを混乱させる。今度（次回）の記事では、このテーマについてもっと書きたいなぁ。書けたら書く！でも、それはちょっと難しいなぁ。考えとく！

Q & Anneちゃん

日本人の「空気を読む」文化って、面倒くさくないですか？

空気の読み合いはもちろん面倒くさい。日本人も面倒くさいと思っているはず。けど、曖昧にしてはっきりと言わないことには、メリットもある。相手を傷つけない役割があるから、そんな場面にはいいと思う。ちなみに、英語では「空気を読む」は read the room という。何故、部屋を読まないかんのやろう？

変化し続ける「ワンチャン」

前回、アンちゃんを困らせる曖昧な日本語について書いた。最後に「次回は、このテーマについてもっと書きたいなぁ。書けたら書く！」と書いた。だから今回も曖昧な日本語、特に若者用語を解説するバイ。

今、和製英語についての本を書いている。その中で、若者たちが使っている「ワンチャン」（犬のワンちゃんじゃない）を本に入れようかと考えている。けど正直、私自身あまりその意味が分からなかった。やけん、「ワンチャン」の専門家、友達の中3の息子、けんちゃんに聞いてみた。

聞く前に、多分英語の「one chance」から来ているなとは思った。まぁ、私もしっかり中年に入っているから、意味が分かっていても使うかどう

ワンチャン、アンちゃんが好きかも！

かは分からん。とにかく、彼は次のような例文を教えてくれた。「ワンチャン、僕はいけるかも」。ええ？ マジで？

彼のお母さんも初耳やった。もともと「ワンチャン」は「チャンスはもう一回あるよ！」という意味だったのが、「もしかして」や「ひょっとして」の意味になってきているのかも。翌日、けんちゃんが「ワンチャン、あれはコンビニじゃないやん！」（おそらくあれはコンビニじゃない）と言ったのを聞いて、お母さんは「あなたが話しているのは、日本語なの？」と笑った。

言葉はいつも変化しているからこそ面白いけど、若者の日本語は、私たち大人を混乱させる。けどさ、若者とうまくコミュニケーションを取るために、ある程度分かろうとせないかんやろう？

私は立派な年になっているけど、どうしても「ワンチャン」を使いたいバイ。授業で早速、「あなたたち、ワンチャン単位もらえるかも！」と使ってみた。アンちゃんも、ワンチャン若者用語が話せるようになるかも！

Q & Anneちゃん

今、気になっている「若者用語」はありますか？

「レベチ」「顔面偏差値が高い」「それな」「えぐい」「推ししか勝たん」。
誰かに「アンちゃんしか勝たん！」と言われたいなぁ。

日本の食文化に救われた

私は25年間、摂食障害と闘ってきた。何でそうなったかを書き出したら、この記事の字数制限をバリ超えるけん、どうやって今年やっとそのしつこい病気を乗り越えたかを書かせてね。

この病気は本当にしつこい。悪くなったり良くなったり、いろんな波があった。2年前、結構ヤバかった。調子がずっと悪くて、生理が不順だった。ガリガリアンちゃんは、いろんな人に心配をかけた。

ちょうどそのころ、親友のマキコに出会った。彼女はどうしても私を助けたかった。「アンちゃん、日本料理で体調を治そうよ。教えるよ！」と言ってくれた。当時の私は、料理が大嫌いで、スーパーの半額弁当の専門家やった。まぁ、教えてくれるなら頑張ろうかなと思った。それから、週に2回くらい一緒に料理をすることになった。

美味しくなれ！

みそ汁をはじめ、いろんなものを作れるようになった。卵焼き、きんぴらごぼう、エビフライ。自家製みそもお節料理も一緒に作ったバイ！料理を楽しめるようになった。そして、不思議なことが起こった。どんどん調子が良くなった。ずっと病気がちだったアンちゃんは強くなった。体重はちょっと増えた。顔色もよくなった。そして、食べ物も楽しめるようになった。とうとう摂食障害を克服した。全く悩まないとは言えないけど、食べ物に支配されることは絶対にない。

この経験を通して、二つの大事なことに気付いた。まず、どれだけ食べ物が大事なのかということ。やっぱり食べることは生きることだ。もう一つは友達の大事さ。いつも私のことを考えてくれる親友のおかげで、ずっと悩んでいた病気を克服した。人間は一人では生きていけないなぁ、と私は思う。

あ、そう！もう一つ大事なことに気付いた。自分で造ったみそは、インスタントのやつよりもかなりおいしいバイ！皆さんもぜひ造ってみてね。

Q & Anneちゃん

料理の失敗はありますか？

初めてご飯を炊いた時に、お水を入れることを忘れちゃった。

雨が降ってないのに⁇

　最近、生まれて初めて日傘を使った。全然似合わんかったけど、一緒にいた人がどうしても私のバリ白い肌を守りたかったらしくて貸してくれた。日本に来て初めの頃、日傘が相当不思議やった。「雨は降ってないのに、何で傘を差してるの？」と思った。

　最近はアメリカでも、紫外線のことを考えるようになった。でも、基本的に多くのアメリカ人、特に私みたいな白人は、日焼けしたいと思っていると思う。日焼けした肌は美肌、という感覚がある。私も若い頃、日焼け止めなしでずっと外にいた。けど残念ながら、黒くなる肌質じゃない。バリ赤くなって、肌がむけて、白い肌に戻った。このサイクルを何回も繰り返した。

頑張ってポーズしたけど、
やっぱり似合わん。

日本では白い肌は美肌だ。だから日焼け止めグッズは半端ない。日傘、ラッシュガード、アームカバー、バリバリでかい帽子。どれもアメリカではあまり見ない。特に、あのアームカバーは面白い！　女性たちが車を運転する時に使う。どうしても右の腕を日差しから守りたいらしい。私は、右の腕を守ろうと、人生で一回も思ったことはないなぁ。

以前は「日本の女性はやり過ぎだ」と思っていた。「あのアームカバーは暑くないと？」「神経質だ！　外を楽しもう！」みたいな発言をした。けど30代のある日、鏡を見たときに自分のお母さんの顔が映っていた。「ヤバい、お母さんの顔になっとる！」。お母さんの顔が大好きだけど、30代で60代のお母さんの顔にはなりたくない。

日本の女性は神経質かもしれんけど知恵がある。ずっと日焼け止めグッズを使っているからバリバリ肌はきれいで、私みたいにしわまみれになっていない。今の私は日焼け止めを塗ったり帽子をかぶったりするけど、日傘には慣れていない。私のヤンキーキャラに似合う日傘を見つけたら、使うかも！

Q&Anneちゃん

アンちゃんは、お化粧が好きですか？

笑えるぐらいノウハウがない！　初めてテレビに生出演した時、「お化粧してきてね！」と言われたけど、それまでほとんど自分でしたことがなかったけん、「それは、さすがに無理だ！」と答えた。今、週一回メイクさんが顔をバリ綺麗にしてくれる。一度、テレビに出演した後、顔を洗わずに寝た。何故かというと、自分でこんなに綺麗な顔ができんからさ。もちろん、メイクさんに怒られた。はい、これからはちゃんと顔を洗うね。

人間関係に欠かせない決まり文句

英語に訳せない日本語の決まり文句がたくさんある。日本はお互いを尊重し合う文化だから、決まり文句なしの会話は相当違和感がある。仕事上がりのとき、全国の日本人は「お先に失礼します」と言うやろう。でも英語では、「Bye！」（さよなら）や「See you tomorrow！」（また明日ね）としか言わない。「私はあなたより先に帰るからバリ悪いけど、許してね。そして、頑張って！応援しているよ！」みたいなニュアンスが日本語には入っているけど、英語の「See you tomorrow！」には全然入っていない。

私はずっと「いただきます」を「Let's eat！」（食べましょう）と訳した。でも「いただきます」は「食べましょう」という意味じゃなかろう？「い

「いただきます」に出会えてよかった。

ただきます」は、命をささげてくれた動物と植物に感謝の気持ちを表す言葉だ。キリスト教では、食事をする前に、食べ物を与えてくれた神様に感謝しているから祈る。日本では、神様というより動物や植物に感謝する。もしかしたらその違いがあるから、「いただきます」に当てはまる英語がないのかも。

「おかげさまで」「お世話になります」「ごちそうさまでした」「おじゃまします」「ご苦労さま」などは全部、当てはまる英語がない。たまに教科書に英語の訳があるけど、バリださくて、絶対に言わないような表現だ。

私はいつも、言葉と文化はつながっている、といろんな人に、耳にたこができるぐらい言っている。日本は謙遜を大事にする文化だから、その謙遜を表す決まり文句がたくさんあることは当然だ。

ちなみに、「お疲れさまでした」もない。考えたら「お先に失礼します」と「お疲れさまでした」は両方とも「See you tomorrow !」かも。英語にもうちょっと謙遜語があったらいいのに！

Q & Anneちゃん

アメリカの「いただきます」「ごちそうさま」は？

「いただます」も「ごちそうさまでした」も日本人の世界観から生まれたものだから、英語訳はなかなかない。ちょっと物足りないけど、Let's eat ! とThank you . That was delicious ! しかないなぁ。

根菜中毒

私はアメリカの、ど田舎で育ってきた。小さい頃から果物が大好きだった。夏には桃、イチゴ、スイカなどをよく食べた。夏の朝ご飯は、よくメロンだった。1人で1個の半分を食べた。もしかしたら、あなたは「マジで？高くないと？」と思っているかもしれないけど、田舎の果物はバリ安いバイ。メロン1個は１００円ぐらいやった。１５０円を超えたら、お母さんが買ってくれんかった。小さいアンちゃんはかわいそうやろう？日本で1万円のメロンを発見したとき、思わず写真を撮ってお母さんに送った。

野菜も大好きやったけど、バラエティーはあまりなかった。ブロッコ

筋トレと根菜で無敵ボディになる。

リー、トマト、トウモロコシ、カリフラワー。一番好きな野菜はキャベツだった。ダイエットしたとき、丸々1個を食べた日もあった。家中は何だかキャベツの匂いがした。

日本に来たら、見たことのない野菜に出会った。レンコン、ゴボウ、タケノコ、大根。最初はあまり食べる自信がなかったけど、どんどん好きになった。今、根菜に対しての愛情は半端ない。数年前、友達のおでんパーティーで大根を10個くらい食べて、翌朝まで気持ち悪かった。熊本のからしれんこんは好き過ぎてたまらんから、1人で1本は食べられると思う。そして、きんぴらごぼう。この世で一番おいしいものに違いない。きっと天国にはきんぴらごぼうはある。日本の根菜に出会う前の24年間、どうやって幸せに過ごせたと？ 不思議だなぁ。

この記事を書いている間に、二つのことに気付いた。まず、からしれんこんをバリ食べたい！ そして、私はどんだけ極端なの？ ということ。私の親友はいつも「アンちゃん、何でもほどほどに」と言っている。やけん、次のおでんパーティーでは、大根7個ぐらいでやめようかな。

Q&Anneちゃん

ワカメや海苔、漬け物もアメリカになかったのでは？

アジア人が多いところではスーパーで売ってるかもしれないけど、私は見たことない。日本に来る前は一度もワカメも海苔も漬け物も食べたことがなかった。

大きな夢を追いかけているバイ！

私は昨年の6月から、日本語と英語のバイリンガルブログを始めた。その前に4年間、英語のブログを書いていたけど、ある日、英語が分からない親友が「あなたのブログを読みたいから、日本語で書いて！」と言った。「日本語で書けるわけなかろう?」と私は答えた。でも、ちゃんとした標準語は書けなくても博多弁なら書ける気がしたし、実際に書いてみると面白いと言われた。初回のバイリンガルブログは書くのに4時間かかった。無理だと思ったけど、どうにか1年以上書き続けている。

ブログはどんどん拡散されて、あっという間にいろんなところから仕事や取材の依頼がきた。そして、私は大きな夢を持ち始めた。いつか日本の出版社から自分の本を出したい！昨年の秋、福岡市・六本松の蔦屋

念願の１冊目の本。

書店であったある人のサイン会に行った。私も「いつかここでサイン会をしたいなぁ」と思った。実現するかどうか分らないけど、その大きな夢を追いかけようと思った。小さい夢は夢じゃないと思う。

そしてついに、私が書いた和製英語の本「ペットボトルは英語じゃないって知っとうと⁉」（ぴあ、１０８０円）が全国発売になった。私の本が全国の書店に並ぶなんて、信じられない。昨年まで日本語であまり文章を書いたことがなかったアンちゃんが、日本の出版社から日本語の本を出した。この経験を通していろんなことを学んだ。

まず、できるかどうかは、やってみないと分からないこと。私はそれまで「それは絶対にできん！無理だ！」と思うことが多かった。でも、その考え方を捨てた。友達が「日本語で書いてみて」と言わなかったら、私の日本語で書く才能はまだ眠っていたかも。自分を信じることは大事だけど、他の人が信じてくれることは大きな励みになる。

何歳になっても、夢を追いかけよう！43歳から活動し始めたアンちゃんは、まだまだ大きな夢がたくさんある。まずはサイン会かな？

Q＆Anneちゃん

アンちゃんの夢を少し教えてください！

いつかＮＨＫの番組に出演したいです！

宿題だらけの夏休み

私は小さい頃、夏休みの間は遊びまくった。兄弟と野球をしたり、朝から夕方までプールで泳いだり、本当に天国だった。やけん、自分の子どもにも同じような経験をしてほしかった。

けどさ、ここは日本だ。日本の夏休みは宿題があり過ぎて、子どもも親もあまり遊べん。自由研究の手伝いとか、丸付けで親も忙しい。毎日頑張っても、宿題はなかなか終わらんような気がする。夏休みの後半、ストレスが半端ない親子は結構いるに違いない！

というわけで、私はずっと夏休みの宿題が嫌いやったけど、考えが変わることがあった。数年前に仕事で1年間、家族でアメリカに住んだ。子どもは生まれて初めてアメリカの学校に通った。一切宿題が出ない夏休みをバリ楽しんでいた。でも知り合いから「9月に新しい学年になったら、復習で大変」と聞いた。夏休みの間に、前習ったことをすっかり

永遠に終わらない丸付け。

忘れているから。そのとき初めて「やっぱり、日本の夏休みの宿題は必要なんだ！」と思った。

アメリカも日本も極端だ。アメリカは宿題がなさ過ぎ。日本は宿題があり過ぎ。両方の間くらいの考えでよかろう？　もちろん、勉強したことを忘れないように宿題は必要だと思うけど、休む時間や子どもらしく遊ぶ時間も成長のためにバリ大切だと思う。毎日宿題を頑張っていても、ギリギリまで終わらないことは、正直おかしい。

夏休みだけじゃなくて、学校によって違うけど、冬休み、春休みも宿題がある。台風や雪で学校が休校になっても、宿題は出る。友達の中1の娘に「宿題がない日はあると？」と聞いたら、答えは「えーと、月曜日の台風の日ぐらいかな」だった。前日が日曜日だから、先生が宿題を出せん。ウケた。台風はもちろん来ないでほしいけど、来るとしたら月曜日がいいらしい。

今年も夏休みの最終日、親子で遅くまで起きとったバイ。嫌だけど、日本に住んでいる限り仕方がない。郷に入れば、郷に従わなくては…。

Q&Anneちゃん

アメリカの夏休みの期間は、いつからいつまでですか？

州と学校によって違うけど、だいたい高校までは６月中旬から８月中旬まで夏休み。大学はとんでもなく長いバイ！ 私が大学生の時の夏休みは、５月上旬から８月中旬までやった。４ヶ月近くも！ もちろん、一切勉強しなかった。実家に戻って、そしてバイトしまくった。プチお金持ちになったバイ！

ヤンキー准教授

５年くらい前に、アンちゃんは日本語でいう「ヤンキー」になった。それまで、普通の金髪のアメリカ人やった。ピアスをちょこちょこ増やしていって、髪の毛もどんどん短く切ってもらっていったら、あっという間にヤンキーになった！

私が思うヤンキーの特徴は、変わった髪型とか怖い洋服とか。あと、キティちゃんのサンダルかな。私がこれまで見てきたヤンキーの親は、公園のベンチでスマートフォンをいじることなく、子どもと鬼ごっこをしたり、滑り台を下から登ったりする。そういうヤンキーの仲間たちが大好き。人を見た目で判断することが好きじゃないから、私はヤンキーと呼ばれたらバリ喜ぶ。「ヤンキー准教授」と自分で言っているけど、その名称は誇りなんだ。

ヤンキー度をレベルアップしてみた！

いろんな説があるけど、ヤンキーという単語は大阪の難波で生まれたと聞いたことがある。大阪弁の語尾で、「〜やんけ！」を使って、派手な洋服を着ている若者を示すために作られたそうだ。言葉って面白くない？

英語の yankee はアメリカの北部に住んでいる人を示す単語だ。南部の人はよく軽蔑の意味を込めて使う。イギリスの人は、アメリカ人をヤンキーと呼ぶことがある。単語の意味やニュアンスは、使う人によって変わってくる。アメリカ北部の人にとってヤンキーはネガティブじゃないから、プロ野球の「ニューヨーク・ヤンキース」は誇りだ。

「じゃ、日本語のヤンキーは英語ではどう表すと？」と聞きたかろう？残念ながら、当てはまる英単語がない。hoodlum や delinquent を使えるけど、これらは見た目じゃなくて、行動から見た単語だ。日本語の「不良」みたいな。私はよく punk（パンク）を使うけど、それもちょっと違うなぁ。こんなにすてきな和製英語があるのに、ちょうどいい英単語がないなんて残念！

Q & Anneちゃん

アンちゃんは「ヤンキー准教授」の名称が好きですか？

もちろん。自信満々のヤンキー准教授だ。いずれ昇進したいけど「ヤンキー教授」より「ヤンキー准教授」の方が響きがいいけん、暫くはいいかな。

家族って何？

アンちゃんがどれだけ日本のことを好きか、誰もが知っている。一日中、日本の魅力について話しているけん「はいはい、分かった！」と思っている友達もきっといる。本当に日本が大好き。退職してもアメリカに戻らず、大好きな宗像に骨をうずめたい。

けどさ、アメリカにいる、愛する親や兄弟と離れることはマジつらい。1～2年に1回くらいしか会えんけん、寂しい。「おじいちゃんやおばあちゃんが近くにおったらな！

代わりに学校の行事に参加してくれたり、バリバリ高いランドセルを買ってくれたりするだろうになぁ」と何回も思った。

でも、日本の家族を見つけたから幸せになった。2年前に親友と出会い、すぐに彼女の家族や親戚と仲良くなった。一緒にアメリカに行った

貴重な経験、
ありがとう。

り、お正月を過ごしたりした。そして、数え切れないくらい、私の子どもの面倒を見てくれた。外国人は日本の「内」に入れないとずっと思ってきたけど、この家族は「内」に完全に入れてくれた。

先週、その親友のめいの結婚式に行った。京都の平安神宮で、初めて神前式に参列した。神前式は日本人にとって、親族しか行かないとても神聖な行事だと分かっていた。なのに、血のつながりがないアンちゃんを、その結婚式では親族として受け入れてくれた。私は何回も「本当にいいと？ このヤンキー外国人は家族写真に入っていいいと？」と聞いたけど、答えはいつも「もちろん、アンちゃん！」やった。平安神宮の関係者は混乱していたかもしれないけど、日本の家族に受け入れてもらって、アンちゃんはバリバリ泣きそうになった。日本人でもなかなかできない経験をさせてくれた家族に感謝の気持ちでいっぱい。

家族ってなんやろう？もちろん血のつながりはとても大事だけど、私は何よりも心のつながりが大切だと思う。宗像に骨をうずめるまで、この貴重な家族との関係を大事にするバイ！

Q&Anneちゃん

京都の中で好きな所はどこですか？

全てが好きだけど、ベスト３は、

　１位　平等院

　２位　嵐山

　３位　嵯峨野竹林

嵐山では外国人があまりに多くて、日本人を探すのが難しかったくらい。お店のレジでは久しぶりに計算機で会計を見せられた。「計算機いらん！日本語わかるよ！」と叫びたかった（笑）。

アンちゃんが日本に住む理由

ここ数年、外国人を紹介する番組が増えてきている。「ＹＯＵは何しに日本へ？」「ワタシが日本に住む理由」などだ。実は私も２回、こういう番組に出演したことがある。私の日本愛は半端ないけん、その愛を全国に語ることができる機会はマジありがたい。

よく考えたら、こうした番組の存在はバリ面白い。私の母国のアメリカでは、「ＹＯＵは何しにアメリカへ？」みたいな番組は見たことがない。もともと移民が多いから、アメリカにいることが当たり前。「いい生活を送りたいからさ」と言う人が多いと思う。じゃあ、なぜ日本にはこういう番組があると？ 私にはいくつか仮説がある。

まず、日本は島国で日本語や日本文化は難しすぎるから、外国人にはなかなか理解できん、と思っている人がいる。だから日本語が話せたり、

同じ番組に出演したスロベニア出身のヴェラさんと。

日本文化を理解できたりすると、「ヤバい！ この外国人についてテレビ番組を作らないかん」と思うプロデューサーが現れる。確かに、日本語や日本文化は分かりづらいところがあるけど、理解しようとする心があるなら誰でも何でも理解できると私は思う。

そして、もう一つの仮説がある。最近の日本では外国の文化があふれすぎて、せっかくの日本文化の魅力が見えなくなってきていると思う人が結構いる。だからそれを大事にする外国人の姿はたまらん。

私は、こういう番組があることは不思議だなぁと思うけど、全然嫌じゃない。番組出演は本当に貴重な経験だったし、番組に出たおかげで、私の日本愛はさらに深まった。もし私の活動を通して、日本人が日本の魅力に改めて気付いてもらえたら、それは何よりもうれしいことだ。

だけどさ、正直、私は日本の文化にバリなじんでいるけん、たまに外国人でいることを忘れる。最近久しぶりに友達が私の英語を聞いたら「アンちゃんは、アメリカ人みたいね！」と笑いながら言った。そうか。私は外国人だったんだ。

Q & Anneちゃん

番組の収録のことを教えてください。

私は２回、このような番組に出演したことがある。「私が日本に住む理由」（2018）と「メイドインジャパン」（2019）。メイドインジャパンは、一週間のアメリカの密着ロケやった。三日間くらい実家にお邪魔して、両親に日本料理を作ってあげた。一番記憶に残っているのは、お箸に慣れていない父の姿だった。ずっと頑張ってたけど最後のほうは諦めて、漬け物をお箸で刺した。めっちゃ頑張ってくれた父の姿に愛情を感じた。ロケの後すぐに亡くなったから、そんな貴重な経験をさせてくれたＴＢＳにすごく感謝している。

アンちゃんはどこに帰国すると？

先日、テニスの全米オープンで優勝した大坂なおみ選手についてのニュースを興味深く見た。テレビでは「大阪選手は帰国しました」と言っていた。ちょっと待って。帰国した？ 日本で生まれたけど、3歳のときから日本に住んでいないのに、帰国したという表現を使っていいと？と不思議に思った。バリバリ言葉に敏感なアンちゃんは、理解するまで落ち着かんかったけん、さっそく日本語の先生の部屋へ聞きに行った。「帰国した」という単語は、一体どういう意味ですか。

彼によると、多くの場合、基準になるのは国籍だ。大坂選手は日本の国籍があるから「帰国した」で全然問題ないって。そうか。私はずっと、国籍よりも住んでいる所を考えて使っていた。やけん、アメリカから日本へ戻った時に「帰国した」と使っていた。日本語の先生は「それでも

アンちゃんは、アメリカに「行く」。

いいよ。使っている人のアイデンティティーも考えないといけないからね」と言った。

アイデンティティーか。最近私がよく考えることだ。日本のメディアは「帰国した」を使ったけど、大坂選手は使うかな？　本人のアイデンティティーは何かな。「帰国する」じゃなくて「行く」を使うかもしれない。いつか会えたら、聞いてみたいなぁ。

辞書で調べたら、「帰国する」の定義は「外国から母国に帰ること」と書いてあった。敏感なアンちゃんは「母国」ってなんやろう、とすぐ考えだした。生まれた所？　育った所？　私はアメリカが母国だと思っているけど、「帰国する」は日本に戻るときに使う。まぁ、それでもよかろう？　言葉は生きているから、社会の変化と同時に変わっていく。

とにかく、アンちゃんの周りにいる人はバリかわいそうやん。延々と文化と言葉について質問されるからさ！　けど、その人達のおかげで、少しずつ日本の心に近づいてきていると思う。みんなに感謝。ちなみに「感謝」という単語にもバリバリ興味がある。それは次回に。

Q & Anneちゃん

アンちゃんは、今の国籍は米国？ 日本？

国籍はアメリカで、日本の永住権がある。ただし今、日本の国籍を取得することを必死に考えよる。弁護士に相談したら「帰化する」とか「日本の国籍を取得する」みたいなことを言われた。あまりピンとこんかったけど、「あなたは日本人になるのよ！」と言われたら、すごく心に響いた。言葉って、面白いよね。

「当たり前」の反対語は？

4カ月前、私は着付けと三味線を習い始めた。あまり伝統的な日本文化に興味がなかったけど、このコラムを書き始めてすぐ、読者から着物二十数枚と帯をもらった。そして、私が出たテレビ番組を見た方から、高級な三味線ももらった。その着物と三味線は、きっと誰かの宝物だった。その宝物にふさわしい人になりたいけん、両方とも習得するまで必死に頑張るバイ！

最近、感謝の気持ちがあふれている。感謝。響きも漢字も好きすぎてたまらん。英語では gratitude か thankfulness という。英語の響きもすてきだ。「感謝」の親戚、「ありがたい」もバリ好き。「有る」ことが「難しい」けん、感謝せないかんって感じやろう？

先日友達に「ありがたいの反対語は何？」と聞かれた。その前にインターネットで、ある記事を読んでいたからすぐ分かった。そこには「当

ファンにもらった
三味線に感謝。

たり前」と書かれていた！「当たり前」と思っていたら、感謝の気持ちがない。バリ深くない？ 相当感動したけん、いろんな人に「ありがたいの反対語は何？」と聞いて回った。そして、解説してあげた。言葉に敏感なアンちゃんの友達はやっぱり、かわいそう（笑）。

人間はいつも感謝せないかん。最近改めてそう思った。ある日、バリバリ疲れたアンちゃんは友達に愚痴をこぼした。「〇〇さんが私を働かせすぎてしんどい。もういい！」みたいな発言をした。友達には「アンちゃん、かわいそうね」と慰めてほしかったけど、めっちゃ刺されるようなことを言われた。「あなたには感謝の気持ちが足りない。その人があなたのためにどれだけ働いてくれているか知らないの？」。すぐ反省した。確かに、信じてくれる人のおかげで活動できる。誰もそんなことを言われたくないけど、真実を言ってくれる友達にバリ感謝しよる。

人生に「当たり前」なことはほとんどない。「ありがとう」といくら言っても言いすぎることもない。それを考えながら、感謝の気持ちで1週間を頑張りましょう！

Q&Anneちゃん

ここ最近の、感謝した出来事は？

緊急事態宣言が解除されたので、好きなイベントができるようになったこと。そして何よりも、この本の出版ができたこと。

死ぬほど寒い

ある冬の寒い日、足の指がとても痛いことに気付いた。指は真っ赤になっていた。友達に見せたら、「あぁ、それは霜焼けやね」と言った。「霜焼け」という単語は初耳やったけん、調べた。けど、そもそも英語でも知らんかった。chilblains という単語が一応あるけど、その単語を知らない人が多いと思う。おそらくアメリカでは霜焼け自体、なじみがない。じゃ、アメリカではならなくて、なぜ日本ではなると？ 答えは簡単だ。日本の家がめっちゃ寒いからだ！ 私は18年の間に、日本のいろんなことに慣れたけど、どうしても寒い家には慣れない。なぜ私の家は外より寒いと？ なぜ息が白く見えると？

なぜスキーウエアで寝る必要があると？ 私の質問は、永遠に続く。

アメリカの多くの家では、セントラルヒーティングといって、家中の

冬は温かい鍋がいいよね！

部屋を同じ温度に設定できる機能があるけん、冬でもTシャツを平気で着られる。けど、環境をとても大事にする日本人は、誰もいない部屋を暖かくしておくことはもったいない！と考えるから、ドアを閉めて一つの部屋に引きこもる。家が死ぬほど寒いせいか、人を温めるグッズは半端ない。こたつ、ホットカーペット、湯たんぽ、使い捨てカイロ、バリでかい掛け布団、お風呂、便座ヒーターなど。そして、これらは全部、アメリカではあまり見ない。

寒いとき、私が一番好きなのは、やっぱりお風呂だ。お湯を40度に保温する機能を開発した人は天才だと思う。便座ヒーターもバリ好き。アメリカの家は暖かいけど、便座は冷たいけん、アメリカに行くたびに、お尻はびっくりする！

ちなみに、今年こそは霜焼けにならないように頑張るバイ。健康的な食生活や、体を冷やさないように気を付けることを心掛けると、どうにか無事に春にたどり着けると思う。でも霜焼けになっても、たとえ電気代が3万円を超えたとしても、大好きな日本から離れんバイ！

Q&Anneちゃん

好きな鍋料理は何ですか？

キムチ鍋がたまらん！　とにかく辛いものが好きすぎて、何にでもタバスコソースをかけてしまいがち。マネージャーにいつも「素材の味を楽しみなさい！」と言われるけど、やっぱり、タバスコソースはやめられない。

「承知です」はやめてくれ！

2週間前、このコーナーで書いてからずっと、「感謝」という言葉が頭から離れない。「感謝」や「有り難い」「当たり前」は英語にどう訳したらいいか、という文章もブログで書いてみたけど、それでも書ききれない。今回もアンちゃんの「感謝シリーズ」が続くバイ！

「感謝」は名詞やけん、動詞にするときには「する」を付ける。でも最近、日本語はどんどん変換していて「感謝です」という言葉もよく耳にする。それは文法的に大丈夫なのか、乱れているのか、知りたくてたまらんくなった。

いろんな日本語の先生に聞いてみた。一人は、「感謝しています」は感謝を維持している状態を表していると解説してくれた。「親に感謝しています」みたいな。「感謝です」は誰かが何かをしてくれたとき、親

言葉の変化のスピードは
辞書も追いつけない。

しみを込めて「ありがとう！」という感じで使う。野球選手が試合の後、ファンたちに「みんな、感謝です！」というときみたいに。どうかな。

もう一人の先生は「感謝です、は正しい文法じゃないけど、仕方ない」と言った。最近、他の単語でも同じような使い方があるって。例えば「了解です」。本当は「了解しました」が正しいけど、最近多くの人は元気よく「了解です！」と言ってるやろう？　それでも長過ぎて、特に若い人の間では「りょ」か「り」になっちゃった。日本語、かわいそうじゃない？

まぁ「了解です」は私も使う。先生はもう一つあるよ、と教えてくれた。それは「承知です」。ちょっと待って。気持ち悪くない？文法の警察を呼びたい！「了解です」はあまり抵抗がないのに、何でやろう。そもそも「承知」の方が丁寧だから？

言葉の変換は本当に面白い。言葉は生きているけん、ある程度その変換を納得せないかんなと思う。けどさ「承知です」はやめてほしいなぁ。それを了解してくれたら、バリバリ感謝です！

Q & Anneちゃん

連載の読者の方からよくプレゼントを貰うのですか？

ここ最近はコロナの影響で講演会が減ったから、読者に会う機会があまりないけど、ファンレターや本などのプレゼントがよく届く。全ての手紙とプレゼントに感謝、感激。私のことを知って共感してくれた読者の皆さんに深く感謝している。

バズらせていただきます

私は今、家と授業中以外は完全に日本語の世界にいる。友達はほとんど日本人だし、メディアの活動もほぼ日本語だ。けどアメリカに行くと、一応ネイティブ（新聞ではネーティブと書くらしい）やけん、すぐ英語モードに切り替えられる。なのにたまに、言語ショックが起こるバイ！

この間、久しぶりにアメリカに行った。義理の妹と話していて、「それをＳＮＳにあげたと？」と聞くと、彼女は困惑した表情で「ＳＮＳってなん？」と聞いた。ちょっと待って。ＳＮＳは英語じゃないと？Social Networking Service の略だし、バリバリ英語っぽい。けど英語じゃないらしい。英語では、Social Media という。日本ではたまにシャレとるラジオのアナウンサーが、かっこよく「ソーシャルメディア！」と言っ

「ＳＮＳ」のことをググり中。

ているけど、ほとんどの日本人にはなじみがないと思う。

実は、こういうインターネット系の和製英語は多い。私が一番好きなのは、「バズる」だ。東京の人は日常的に使っているみたい。例えば「アンちゃんのブログをバズらせたいね！」とか。「バズる」はネット上で何かが急激に拡散されるという意味だ。英語のbuzzwordから来ているらしい。私は、こんなふうに適当にカタカナの単語に「る」を付ける日本語が好き過ぎてたまらん。メモる、ググる、スタンバる、ガスる、など。可能性は無限にある。「山頂はガスってるかもしれんけん、天気をググってみて！」（山頂はかすんでいるかもしれないから、天気予報をグーグルで調べてみて）みたいに使う。

私がいつも思うのは、言葉の勉強は一生続くということだ。どんなに私が日本語を話せても、毎日新しい発見がある。母国語だってそうやろう？分からないことがいっぱいあるけど、全然がっかりはしない。逆にわくわくする。わくわくといえば、日本語の擬態語や擬音語はマジ私をくらくらさせよる。それはまた次回！

Q&Anneちゃん

他のインターネット系の和製英語は？

「コピペ」「アンチ」「ソフト」「アプリ」「スクショ」など。

ようわからん「オノマトペ」

私は日本に来てから、なぜか歯が悪くなった。水道水のせいか、甘い物を食べ過ぎたせいか分からんけど、歯医者さんとバリ仲良くなった。もちろん虫歯にも悩まされたけど、もう一つ悩みがあった。先生に何回も「カチカチして」「ギシギシして」と言われたけど、どっちが縦に動かすのか横に動かすのか分からん！と叫びたくなった。

日本語のオノマトペは数えきれないほど多い。オノマトペという単語は知っとう？音や様子を表す言葉、つまり擬音語、擬声語、擬態語、擬容語、擬情語を合わせてオノマトペという。英語にも同じような表現があるけど、日本語の数はマジ半端ない。日本人はオノマトペだけで会話ができると思う。でも会話の半分が、バー、ガー、ダー、キャーとかだと、うちら外国人は訳が分からん。例えば「バーとするやつを取っ

カチカチって、横？縦？

て！」「何？」「ダァーッとするやつ。キュッとなっている所にあるけん」。勘弁してください。「何でこんなに音を使うと？」といろんな人に聞いたら、「だって分かりやすいもん。簡単に意味が通じるからさ」と言われた。本当に？だってなぜ、骨が折れるときに「パキッ」っていうと？私にとっては、骨が折れるときの音は「パキッ」じゃない。

言語学の先生に聞いたら、英語と日本語の動詞の構成が違うって。例えば「My head is throbbing」は、日本語で「頭がずきずきと痛む」という。この場合、throbbing には「ずきずき」も「痛む」も入っている。けど日本語では、その「ずきずき」がないとどういうふうに痛いか分からない。なるほど！

私は日常生活で日本語に困らない。役所用語、医療用語、漢字、敬語。完璧じゃないけど、なんとなく分かる。ただ、オノマトペにバリバリくらくらさせられている。何年か前と比べれば、ちょいちょい分かってきているけど、ぴんとこないときが多い。けど、もやもやしないで、うきうきと頑張らないかん！

Q&Anneちゃん

好きなオノマトペは？ モフモフ？

私は「すべすべ」が好き。正しく使っているか、ちっとも自信がないけど。

「ブラックフライデー」は「フライデー」だけじゃない

昨年の今頃、ショッピングモールで、ある張り紙を見つけた。「ブラックフライデー！　先着５００人にトイレットペーパーをプレゼント」みたいなことが書いてあった。何という面白い話やろう！

「ブラックフライデー」って知っとう？　多くの日本人はわけわからんと思うけど、日本でも耳にするようになった。11月末のバーゲンとして、ここ数年はやっている。じゃあ、発祥のアメリカではどんな感じ？　アメリカのサンクスギビング（感謝祭）は11月の第４木曜日。翌日（金曜日）から本格的なクリスマスシーズンに入るけん、多くの店は盛大なセールを行う。この金曜日をブラックフライデーという。なぜブラックかというと、「１日だけで黒字になろうよ！」みたいな戦略があるからだ。

アメリカのブラックフライデーは本当に恐ろしい。人混みが苦手なア

ブラックフライデーって、フライデーだけじゃないと？

ンちゃんは絶対に行かん。数年前、開店を待ちきれなかったお客さんが、ドアを壊した。止めようとした店員さんが踏まれて亡くなった。この日が嫌いなアメリカ人はたくさんいると思う。

　私が昨年見たその張り紙には、二つの面白いポイントがあった。まず、そのイベントは金曜日じゃなく、祝日の木曜日やった。つまりブラックサーズデーやった。アメリカの感謝祭じゃなく、日本では勤労感謝の日に合わせることが多いみたい（やけん今年はちょうど金曜日！）。しかもセールは、数日間にわたることが多い。

　もう一つ気付いたことは、プレゼントがトイレットペーパーだったこと。アメリカでは商品券みたいにぜいたくなものが喜ばれるけど、日本人は実用的なプレゼントが好きだ。

　日本人のいいとこ取りは面白い。でも、外国のものを受け入れて自分の文化に合う形に変えることは、どんな国でもすると思う。もし日本人がアメリカのスシを見たら、「あれは寿司じゃないやん！」と叫びたくなるかも。ああ、次回はそれについて書こうかな。

Q&Anneちゃん

ブラックと言えば「ブラック企業」も和製英語ですか？

バリバリ和製英語です。英語には「ブラックカンパニー」という言葉は存在しない。「ブラック校則」「ブラックバイト」も英語にない。最近、「ブラック」という言葉を使わないほうがいいという声が上がっているけど、言い換えたら何がいいかな。ひどい企業？ いじめ校則？ 過酷バイト？

モンスター寿司

アメリカで大学院に通っていたころ、日本料理店でバイトをしていた。びっくりすることが多かった。まず、高い値段。ちらし寿司が1300円？ 焼きおにぎりが500円？ うれしいことに、まかないが出たけん私は払わんでよかった。

それと、食べ方にも驚いた。ある日お客さんが枝豆を注文して、その枝豆をみそ汁に入れた。「やめて！」と叫びたかった。もう一つよく見たのは、緑茶に砂糖を入れることだ。当時の私はあまり緑茶が好きじゃなかったけど、砂糖は入れたらいかん。お尻ぺんぺんしたかった。

でも、一番面白いのは、スシだ。多くの日本人が「カリフォルニアロール」というメニューを聞いたことがあると思う。この巻き寿司の材料は、キュウリ、カニかま、アボカド。のりは内側に巻き、仕上げにとびこか

緑茶に砂糖を入れないでくれ！

ごまを振り掛ける。カリフォルニアロールは典型的なアメリカン・スシなんだけど、もっと恐ろしいものがたくさんある。「ドラゴンロール」「トルネードロール」など、バリでかい1500円ぐらいの巻き寿司だ。材料はレストランによって違うけど、クリームチーズ、チリソース、天かすなどをよく使う。生魚を外側に巻いたものもよく見掛ける。

こんなスシを見たら気絶する日本人がおるかもしれん。けどさ、私は初めて日本のピザを見たとき超びっくりした。のり、餅、コーン、ジャガイモ、マヨネーズ。アメリカでは、こういうものを絶対にピザにのせない。

でも両方ともいいんじゃない？ ピザはアメリカだけの食べ物ではないし、スシは寿司じゃないけど、どちらもバリおいしいバイ。正直に言うと、私は日本の変わっているピザが大好きだ。もしかしたら、あなたもアメリカのバリでかい1500円の具だくさんスシが好きになるかも。アメリカに行ったら食べてみてね。そのときは、緑茶に砂糖を入れなくていいからね！

Q & Anneちゃん

カレーやうどん、ラーメンまである回転寿司にはビックリ？

純粋に寿司が好きな日本人には邪道かもだけど、子供や外国人が楽しめるメニューも出してくれる回転寿司屋さんは頭が良いと思う。そういう需要があるからだ。私の母が日本にきたとき、本来の寿司は好きじゃなかったけど、「ハンバーグ寿司」や「とんかつ巻き」は大好きだった。そんな寿司があってありがたかった。個人的には、寿司を食べたいから寿司屋さんに行くけん、寿司屋さんではあまりラーメンやうどんを食べたくない。

行きたい時に限って!! 謎い定休日

私は行きつけの美容院がバリバリ好き。北九州市の小さい店なんやけど、10年以上そこに行きよる。いくつか理由がある。まず、美容師さんの腕がめちゃくちゃいい。アンちゃんのこんなに変わっている髪型は、やっぱり彼しかできないなぁ。そして、営業時間。日本では美容院のほとんどは月曜日に閉まっとる。でもここは、お客さんの希望に合わせて営業する。月曜でもいいし、夜中でもいい。代わりに家族の用事があれば休む。すてきだ。

日本に来て18年もたったけど、「定休日」になかなか慣れない。美容院は月曜が休みと想像できるようになったけど（アメリカでも月曜が休みの所が多い）、レストランはばらばらだ。ある所は火曜、ある所は水曜。そして、ある所は毎週火曜、第2木曜と第3金曜とかで、アンちゃ

ずっとアンちゃんの髪の毛をかっこよくしてくれているひろゆきさん。

んはわけわからんくなる。一番恐ろしいのは「不定期」。行く前に電話せんといかん！　アメリカでは平日の定休日は限られていて、日本ほど多くない気がする。やけん「定休日」にぴったり当てはまる英単語もない。最も近いのは「Closed on ～」かな。私が小さい頃は、ほとんどの店が日曜に閉まっていたけど、今は日曜も開いている所が結構ある。

日本の病院の休診日もばらばらだけど、なぜか木曜日が多い。病院の先生に理由を聞くと、彼は「元々この地域の医師会の集まりが月1回の木曜午後だった。それはなくなったけど、木曜の休診を残している所が多い」と教えてくれた。昔からの伝統は残っているんだ。アメリカの一般的なクリニックは平日にあまり休まないと思う。

休むことは大事。みんな同じ曜日が休みだったら悩まんでいいなぁと思うけど、ここは日本だから変わらんでいい。不思議なことに、「どこかに行きたい！」と思うときに限って定休日だ。今度そうなったら、こういうふうに考える。ドンマイ、アンちゃん！　また行ける機会があるからさ。楽しみが延びた分だけ、得をしたと思おう！

Q&Anneちゃん

昔からヤンキーな髪型・ファッションだったのですか？

いいえ、40歳までは、ごく普通のアメリカ人女性やった。40歳になる前に、ちょっとイメチェンをしたくなったけん、友達の小5の娘さんにヘアカットを頼んだ。彼女はヘアメイクにすごく興味があったから「私で練習していいよ！」と。それがキッカケでどんどん髪型がファンキーになり、ピアスをあけたりして今のスタイルにたどり着いた。

「アンちゃん」って呼んでね！

私は3人きょうだいだ。ただアメリカでは、2人きょうだいになる。どういうことって聞きたかろう？　日本では「何人きょうだいですか」と聞かれると、自分を含めて答える。

例えば、私は兄と弟がいるから「3人です」となる。アメリカでは「How many brothers and sisters do you have ?」と聞かれたら、自分を人数に入れない。面白くない？

そして、アメリカは日本みたいに上下関係を大事にする社会じゃないけん、兄や弟の区別はあまりしない。「older (big) brother」「younger (little) brother」と言うことはあるけど、たいていは brother だけでいい。そもそも兄を「older brother」じゃなくて名前で呼ぶことが普通だ。

「アンちゃん様」と呼ばれたことがある。

多くの日本人はこういうことに抵抗があるやろう？　目上や年上の人を尊敬する社会だから。アメリカでは全般的に上下関係を表す言葉があまりない。先輩、後輩に当てはまる英単語もなく、teammate（部員）や co-worker（同僚）としか言いようがない。しかも、先輩と話しているときでも名前は呼び捨てだ。「先輩はただの部員じゃない、年上なんだよ！」と叫びたくならん？

敬語もあまり存在しない。日本では相手がどういう人なのかを把握するまで、どう話したらいいか分からん。私は会う人みんなに「アンちゃんって呼んでね」と言うけど、真面目な日本人はなかなかそれができない。メディアの人からのメールは「アンちゃん様」「アンちゃん先生」「アンちゃんさん」みたいな宛名で来る。私は「アンちゃん」って呼んでほしいけど、私も相手の気持ちを尊重せんといかんけん、アンちゃん先生って呼びたかったら呼んでいいよ！

ちなみに、英語の敬語はなんだと思う？　いろいろあるけど please（～してください）を付ければ十分丁寧になる。簡単でよかろう？

Q&Anneちゃん

アンちゃんは、兄弟をどう読んでいるの？

私は、兄の Mike と弟の David を名前で呼んでいるけど、bro と呼ぶ時もある。bro は brother の省略だ。例えば、Hey bro ! How ya doing ?「やあ！弟よ！ 最近、どう？」みたいな感じ。同じように、兄弟たちは、私を sis（sister の省略）と呼ぶ時がある。

私が知らないクリスマス

初めて日本のクリスマスツリーを見た時、「ああ、かわいそう、ガリガリだ。誰か水をあげて！」と思った。アメリカのツリーは、多くのアメリカ人と同じように立派な体形をしている。ツリーの体形まで国民性がある？　面白い。

日本のクリスマスはアメリカのクリスマスとは違う。まず、なぜフライドチキンを食べると？　アメリカ人がクリスマスに食べる七面鳥はなかなか手に入らんけん、誰かが「まぁ、チキンでよかろう？」と考えたのかな。調べてみたら、１９７０年代にケンタッキーフライドチキンが「クリスマスにチキンを食べよう」ってキャンペーンを始めたらしい。ケンタッキーの営業担当はマジ天才だ。

そして、クリスマスケーキだ。日本に来て、初めて見た。アメリカで

日本式のクリスマスでもよかろう？

は、ピーカンナッツパイやパンプキンパイ、クッキーを食べる。いろいろ調べたら、クリスマスケーキはヨーロッパの伝統らしい。

一番びっくりしたのは、クリスマスイブの過ごし方だ。アメリカでは、主に家族と過ごす。彼氏や彼女と過ごすこともあるけど、日本のお正月みたいに家族で集まる。そして、クリスチャンは夜の礼拝に行く。けど、日本では好きな人とデートする日になった。この時季、よく学生にクリスマスの過ごし方を聞く。相手がいない学生はマジ寂しそうやけん、私がクリスマスによく作るバリおいしいチョコチップクッキーをあげたい気持ちになる。

日本のクリスマスはあまりにアメリカのと違うからずっと残念に思っていたけど、最近は日本のクリスマスを好きになった。今年、大好きな日本人の友達と仲良くチキンとケーキを食べるバイ！でもアメリカのクリスマスが恋しいけん、日本のクリスマスを楽しみながら、アメリカらしい過ごし方を友達に紹介しようかな。まず、立派な体形をしているツリーを探して買わないかん！

Q&Anneちゃん

アメリカには「クリぼっち」は無い？

まぁ「一人でクリスマスを過ごす」ことはあるかもしれないけど、クリスマスに関しての考え方が違う。そもそもアメリカでは、クリスマスは恋人と過ごす日と言うより、家族と一緒に過ごす日だ。恋人がいないからというよりも、家族に会えなくて寂しいという人はいると思う。

「新聞読んでるよ！」って言われて嬉しい

この1年間で、私の人生はバリ変わった。昨年まで自分が日本語の文章を書けるとは全然思っていなかった。英語のブログはずっと書いていたけど、日本語の文章なんてハードルが高すぎて、無理だ！と思っていた。けどある日、日本語で書いてみたら多くの人にバリうけたらしい。なんでやろう？

おそらく、英語から日本語に直訳することが多いけん、日本人が書こうとしない表現がたくさん出てくる。私の英語の文章を誰かが日本語に訳していると思っている読者がいるかもしれないけど、このふざけているバリ変な日本語を日本人は書けないやろう！

というわけで私はこの連載の文章を日本語で書いているんだけど、いつも字数をバリ超えるアンちゃんの原稿を、新聞社の編集者がまとめて

感謝でいっぱい！

くれる。そして、私は助詞の「が」と「は」を永遠に間違えるけん、文法もチェックしてくれる。けど、私の文章のキャラはそのままだ。

この連載は、私だけの連載だと思っていない。たくさんの人のサポートがあるからこそ、1年間書き続けられた。感謝の気持ちがあふれている。絶え間なく応援してくれた家族や友達。そして、毎週熱心に記事を読んでくれている読者の方たち。

先日、ラジオ番組で「アンちゃんにとって幸せって何ですか」と聞かれた。最初はどう答えていいか分からなかったけど、話しているうちに気付いた。執筆しているときが幸せ。執筆は生きがいなんだ。でも多分一番幸せなのはやっぱり、読者に声を掛けられるときだ。「新聞読んでいるよ！」よりすてきな言葉は、この世にないと思う。

来年もアンちゃんは大好きな日本人のために、面白くて、何か考えるきっかけになるような文章を書くように頑張るバイ。もしアンちゃんを見掛けたら、声を掛けてね。握手しながら、どんだけ感謝しよるか言いたいからさ！ ああ、ヤバイ。また字数がバリバリ超えた…。

Q & Anneちゃん

アンちゃんはまだ、「が」と「は」を間違えますか。

話している時は、そこまで間違えないと思うけど、文章を書く時はまだまだだね。これは、勉強よりも「勘」そして「慣れ」。以前より間違える頻度は少なくなったけん、きっといずれ使いこなせるようになる！ あと20年かかるかもしれんけど。

今年は、猪突猛進するバイ！

ちょうど1年前、この連載の初回で、どんだけ日本語が好きかということについて書いた。「大盤振る舞い」や「ちりばめられる」が好き過ぎてたまらんけん、聞くたびにわくわくしていた。それは変わらないけど、この1年の間に、バリ面白い単語の発見があったバイ！

まず「老若男女」。この単語の響きがすてき過ぎて、日常生活で言う機会を増やさないかんと思っている。次に「立ち往生」だ。笑わないで！意味はいまいちなんだけど、響きは最高バイ。「憩いの場」も好き。ある日「憩いの場を英語に訳して」と頼まれたけど、笑ってしまった。「無理！当てはまる英語はない」と答えた。日本は自然や人間関係を相当大事にする国やけん、その気持ちを表す表現は多い気がする。

ファンの方から頂いた大切な年賀状。

「癒やされる」「木漏れ日」「触れ合う」みたいな表現は、英語に訳しにくい。

以前も書いたけど、長い間一番好きな日本語は「夏季休暇」やった。何回言っても癒やされる。私は大学で「夏季休暇を取りたいんですけど」と言うたびに幸せな気分になる。でも最近「猪突猛進」に抜かれたかもしれん。年末、この単語を友達に教えてもらった。この聞いたことがない単語の響きはすてき過ぎて、すぐ恋に落ちた。そして、意味が分かってさらに好きになった。まぁ、いつも良い意味じゃないけど、前向きなアンちゃんは良い意味で受け取った。今年は、イノシシと同じような生き方をしたいなぁ。勇気を持って、失敗を恐れずに大胆に猪突猛進で頑張りたい！

ああ、言葉は楽し過ぎる。今度、外国人にとって発音しにくい日本語について書こうかな。もちろん個人差があるけど、アンちゃんはどうしても「ポルトガル語」と「ウルトラマン」が言えないなぁ。その話は後日。楽しみに待っとってね！

Q&Anneちゃん

最近、気に入った日本語はなんですか？

ある日、テレビ番組に出演する前の日に台本が送られてきた。冒頭で「セアカゴケグモ」のネタがあった。何、この立派なカタカナ用語？ すぐに恋した。なんのネタだったかというと、海外からの貨物船に日本に元々いないセアカゴケグモが勝手に乗って、日本に許可なしで入国したらしい。それが問題になっているけん、テレビで取りあげられた。まぁ、セアカゴケグモは危ないけど、響きが好き。一晩中発音を練習したけん、やっと言えるようになった。残念ながら次の朝起きた時、台本から消えていた…。

「ウルトラマン」を言いきらん！

私は、日本語が流ちょうに話せるけど、どうしても「離乳食」が言えない。「ポルトガル語」も「ウルトラマン」も同じように私を悩ませる。バリ早口のアンちゃんが、この三つの単語は意図的にゆっくり話さないと無理だ。でも、うれしいことに、今の人生であまり言う必要がない。ウルトラマンが好きなポルトガル人のママ友ができたら、ヤバイかも…。私は、漢字や敬語は死ぬほど難しいけど、日本語の発音は難しいとは思っていない。ただ、アメリカ人がつまづく音はいくつかある。まず「ラ行」。英語の「r」と「l」の間の音やけん、練習せんと言えん。次に「きょう」「きゃ」「りゅう」など。こういう音は英語にない。多くのアメリカ人は「ときおう」じゃなく「ときお」と言ってしまう。まぁ、バンドのＴＯＫＩＯは喜ぶけど。

「ウルトラマンに離乳食」って言いにくい。

そして、アメリカ人は、単語の真ん中の音を強調しがちやけん「おおさか」は「おさぁか」になる。「あきこ」は「あきぃこ」になる。長くアメリカに住んでいる日本人は、この影響を受けて自分の名前を言いにくくなる人もいるかも。「Hi！I'm Akii-ko！」

私は今も「こんにゃく」と「こんやく」を間違える。「私は、こんにゃく指輪をもらったとき」みたいなことを言うと、友達が爆笑する。「ここ」と「高校」、「おばさん」と「おばあさん」も難しい。英語の長母音と短母音は発音が全く違うから、母音の長さだけで意味が変わる日本語は、なかなか聞き取れない。「ん」も難しい。ある外国人は「女らしい」を「おならしい」と言ってしまった、と本で読んだ。私は「女らしい」と言うたびに、それを思い出しながら気を付けているバイ。やけん、外国人に会ったらこの発音の混乱を思い出してね。自分が当然だと思っていることが外国人にとってそうではないこともある。だって、あなたは「ウルトラマンをうまく言えないなぁ」と一度も思ったことがなかろう？ 逆に日本人が発音しにくい英語もバリバリあるけん、次回書くバイ！

Q & Anneちゃん

他にも言いにくい言葉はありますか？

「アーモンド」「アルコール」「登録」「ありがたがられる」

リスを英語で言える？

前回、離乳食など、私を含めて多くのアメリカ人が発音できない日本語について書いた。今回は、日本人をバリ困らせる英単語について話すね！

まず「cellular phone」（セルラーフォン）。携帯電話のこと。私は19年間日本に住んでいるけど、このcellularを正しく発音できる日本人にほとんど会ったことがない。8文字のうち半分が日本人をバリ悩ませるlとrやけん、この単語は本当に大変。

ちなみに、cellularの略はcell（セル）。「cell phone」でもいいけど、それも発音しにくかったら、イギリス英語の「mobile phone」（モバイルフォン）がいいいバイ！

squirrel（リス）も難しい。カタカナで書くと「スクオーラル」みた

リスは見た目はかわいいけど、発音は恐ろしい。

いになるけど、発音は全く違う。ところでリスを見慣れない日本人が、リスまみれのアメリカに行ったときの反応はかわい過ぎる。「ぎゃーリスだ！」と叫びながら、老若男女が子どもみたいに永遠に追い掛ける。リスはかわいいかもしれんけど、発音は恐ろしい。残念なことにイギリス英語もアメリカ英語と同じだ。申し訳ない。

そして、Water（水）。「水を頼んだけど、他のわけわからん飲み物が出てきた」みたいな話をいろんな日本人から何回も聞いたことがある。けど、ご心配なく！ またイギリスは、英語を習っている日本人を救ってくれる。イギリス英語は日本人が言うウォーターに近いからさ。

英語には日本語にない母音も子音も山ほどあって発音しにくい。アン先生のアドバイスは、できるだけネーティブの発音を聞いたり、まねしたりすることだ。そして、できるだけ squirrel を言わなくてもいい日常生活をしてね。でも一生 squirrel がうまく言えなくてもがっかりせんで！ 私は離乳食が言えないまま、幸せに19年間日本で暮らしてきた。できないことじゃなくて、できることを考えよう。

Q & Anneちゃん

アメリカ英語とイギリス英語は、同じ単語でも発音が違う？

そうね、一番私がビックリしたのは「 schedule 」と「 aluminium 」。発音が違いすぎて全く違う単語に聞こえる。それとアメリカ英語では「 t 」の発音をはっきりしない傾向があるけん「 d 」の発音になる。例えばバター（ butter ）は、イギリス英語だと日本語と似た発音になるけど、アメリカ英語では「バダー」みたいになる。けど、多くの日本人にはアメリカの発音は「バラー」に聞こえるそうだ、面白いね！「 t 」をはっきり発音しないアメリカ人は怠け者だ！ と友達は言っている。日本人にはイギリス英語の発音のほうができるに違いない！

日本の飲み会は不思議でたまらん！

私は日本に来る前に、全然お酒に興味がなかったけん、一回も飲んだことがなかった。日本に来てから、よくホームパーティーに誘われた。そして必ず「何を飲む？」と聞かれた。私が「ジュースがいい！」と答えたら、相手がマジ寂しそうな顔をしていた。

最近まで、飲み会があまり好きじゃなかった。お酒を飲まなかったし、あまり居酒屋料理が好きじゃなかったし、ウーロン茶と唐揚げだけで５０００円を払いたくなかったバイ。アメリカでは日本みたいな「割り勘制度」はなくて、自分が食べた分は自分で払う。

いつも飲み会では「私は飲まない」と言った。けど、飲み会に慣れてきたら面白いことに気付いた。「飲まない」と言っているのは私だけだった。他の人たちは「飲めない」と言った。こんなにお酒に弱い日本人が

ウーロン茶と唐揚げ
に 5000 円。

たくさんいると？ 不思議だわ。アメリカで「飲まない」人はたくさんいるけど、「飲めない」人はあまり会ったことがない。気付いたことは「飲みたくない」「飲まない」「車で来たから飲めない」「明日健康診断やけん飲まない」など、さまざまな意味が「飲めない」に入っていることだ。「飲めない」と言ったら、面倒くさい説明はいらん。

アメリカでは、日本の飲み会みたいなものはあまりない。やけん、当てはまる英語がない。直訳の「drinking party」はほとんど言わんし、もし「Let's go drinking !」（飲みに行こう）と言ったら「酔っぱらいたい！」というニュアンスが入っている場合が多い。

今、少しだけ飲めるようになったアンちゃんは、飲み会を好きになった。先月、生まれて初めて10時間の忘年会に参加した。そこでやっと飲み会の魅力を見つけた。飲めない人、飲みたくない人、飲まない人が、普段のストレスを忘れて、本音で仲良く話せる。その貴重な経験をするために、飲みたくない日があってもウーロン茶と唐揚げだけで、喜んで５０００円を払うバイ！

Q & Anneちゃん

好きなお酒やおつまみは何ですか？

カルアミルクが死ぬほど好き。そして、赤ワイン。おつまみは、もちろん柿の種。柿ピーしか勝たん！

「むなかた応援大使」になったバイ！

先週、大好きな地元、福岡県宗像市の「応援大使」の任命式があった。最初は緊張し過ぎて、わけわからん標準語がアンちゃんの口から出た。こういうイベントには慣れていないけん「どう話したらいい？　何したらいい？　どうやって名刺を渡したらいい？」みたいな不安がバリ多かった。けど、市役所の知り合いは「いつものアンちゃんでいいよ！」と言ってくれたけん、安心した。

式が終わった後、スピーチをした。原稿が苦手なアンちゃんは、原稿なしで話すことにした。やっぱり、おしゃべりが大好きだ！　話しだしたら永遠に話す。一人の記者が「生年月日はいつですか」と聞いた。その問いに2分間も答えた。「宗像愛はハンパない」「宗像の漢字を見るだけで泣きそうになる」「宗像で骨をうずめたい」など、日本人がおそら

宗像のために
頑張るバイ。

く記者会見で言わないことも言った。アンちゃんらしいコメントだった。すてきな時間やった。

ちなみに「応援大使」って、なかなか英語に訳せない。スポーツのイベントなどでの応援は cheer でいいけど、感情的や精神的に「応援しているよ！」みたいな表現は当てはまる英語がない。やけん「応援大使」は英語では何？と聞かれた時ずっと考えた。「cheer ambassador」はバリバリおかしいけど他に見当たらない。結局「goodwill ambassador」にした。応援より「親善」の意味に近いけど、英語はないけんそれでもよかろう？

人間は誰でも、自分の居場所をずっと探していると思う。アンちゃんの居場所は宗像だ。ありのままの自分を受け入れてくれる所。落ち着く所。国道3号線・岡垣バイパスに「宗像市」と書かれた看板がある。この看板を見るたびに、バリ落ち着く。そして、泣きそうになる。これから大好きな宗像のために頑張るバイ。応援してね！この「応援してね」は英語には訳せないことがマジ残念。

Q&Anneちゃん

アンちゃんオススメの「宗像グルメ」は？

「道の駅むなかた」近くの「玄海 若潮丸」http://wakashiomaru.bsj.jp
漁師さんが始めたこのお店、新鮮なお魚をリーズナブルにいただける。特にイカはオススメ‼ 玄海・宗像地区には、地のお魚がいただけるお店が沢山あり、どこも美味しい魚が食べられるバイ！

花より団子のバレンタイン

きょうはバレンタインデー。アメリカではバリバリロマンチックな男子に限り、好きな人に花をあげる習慣がある。かつて私の夫もそうやったけど、結婚してすぐ、私が花をあまり好きじゃないことに気付いた。やけん、花じゃなくて、アンちゃんが好きなパンとコーラをプレゼントしてくれた。マジ最高のバレンタインデーやったバイ！

日本のバレンタインデーは、複雑すぎて付いていけん。まず、女性が男性にチョコをあげること。アメリカでは彼氏や夫が彼女や妻に花やチョコ、ジュエリーなどを贈ることが多い。最近は女性が男性にプレゼントをすることが珍しくないらしいけど。子どもたちは、かわいいバレンタインカードとキャンディーを交換する。人気のメッセージは「Will

バレンタインはパンとコーラがうれしい。

you be my Valentine？」（私のバレンタインになってくれん？）だ。

そしてホワイトデーは、アメリカでは存在しない。調べたら、ホワイトデーは１９７８年に「マシュマロデー」として日本に現れた。男性がバレンタインデーのお返しをする日、ということやった。ホワイトデーは韓国、台湾、香港、中国などアジア各地に広がっているみたいだ。

日本人は、クリスマスと同じようにバレンタインデーも取り入れて、自分の文化にした。外国と同じようにチョコを贈る習慣にしたけど、日本人らしく人間関係によって義理チョコと本命チョコに分けた。そして、お返しのホワイトデーを考えた！

日本に来る外国人は私と同じように、こういうバリ複雑なチョコの渡し方を疑問に思うかもしれんけど、その習慣を日本人が好きやったら、それでもよかろう？

ちなみにアンちゃんは最近、花を好きになった。先月、友達にもらった花はバリ長生きしとる。今年のバレンタインデー、夫に花をもらったらバリ喜ぶ。けどやっぱり、パンとコーラも最高だ！

Q & Anneちゃん

アンちゃんの好きなパンの種類は？

私はパンが大好き！ でも日本に来た時、日本人の「パン愛」にも驚いた。お米のイメージが強かったけん、バラエティ豊かで想像力に溢れているパン屋さんをたくさん見て、かなりびっくりした。アメリカでは食パンの種類はバリ多いけど、調理パンや菓子パンはあまりない。なお、私は甘い物が大好きだけど、甘いパンはあまり好きじゃない。ハード系の大ファンやけど、日本のバリでかい食パンもなかなか美味しい。

立派な鼻だ

私には立派な鼻があるらしい。だって、一日中私の鼻は褒められている。「鼻が高い」って、日本では最強の褒め言葉であることに気付いた。生まれつきの鼻やけん、何もしていないけど「高くなるように頑張ったバイ！」みたいな冗談をよく言う。

日本に来る前、私は自分の鼻について一回も考えたことがなかった。「もっと低かったらいいのに」とか「もっと高かったらいいのに」とか、一回も思ったことがない。神様、この鼻を与えてくださって感謝していますと祈ったこともなかった。つまり、私の鼻を24年間無視してきた。

けど、ずっと褒められているから「鼻が高いって一体何のことなの？」と考えるようになった。長い間、目の間から唇の上まで、と思っていた

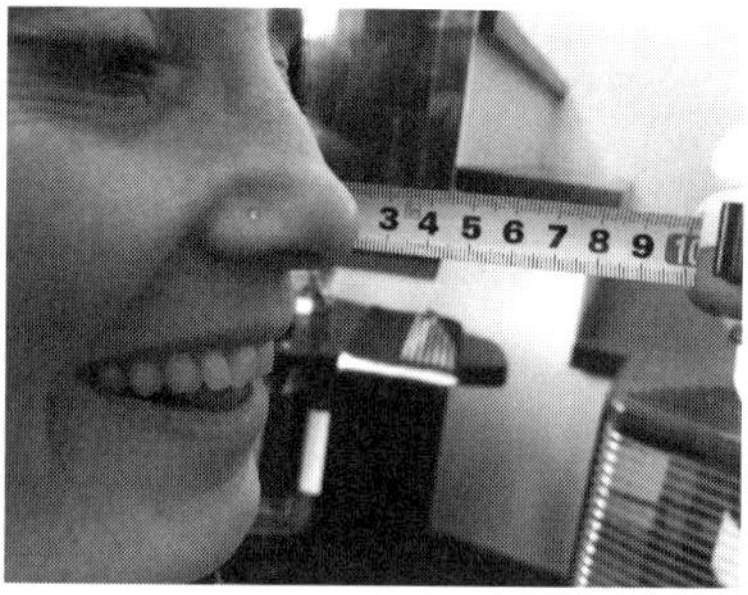

鼻の高さを測ってみたら 2.5 センチあった。

けど、友達が「いいえ、それは『鼻が長い』よ」と言った。鼻の高さとは、頬骨から鼻の先端までの長さのことと聞いた。目からうろこ！

日本人の友達とお互いの鼻の高さを測ってみた。友達は2センチやった。アンちゃんの立派な鼻は2・5センチやった。5ミリは大したことないみたいに聞こえるけど、鼻は結構ちっちゃいけん、かなりの差やん。正式に測ったらどうなるか分からんけど、測る機械があるらしいから、次のボーナスが出たら買おうかな。

鼻の高さについて、不思議なこともある。東南アジア系のお父さんからバリ低い鼻を受け継いでいる娘3人は、時々日本人に「鼻が高いね」と言われる。西洋人に対しての固定観念があるけん、鼻が高くなくても、そういうふうに見えるのかな。

鼻が高くても低くてもいいやん？

あなたはあなただ。たまに、私の鼻は着替えているときに邪魔になる。何かに引っ掛かる。けど、他のデメリットはないけん、神様に感謝せないかん。今度アンちゃんを見掛けたら、鼻を褒めてね！

Q & Anneちゃん

アメリカには、鼻に関する慣用句はない？

「Win by a nose」は「かろうじて勝つ」と言う意味がある。Nosyは「おせっかいな」「物事をとても知りたがる人」を示す単語。

ママの才能は無限大！

アンちゃんは、自分の人生で95％は自信満々だ。おしゃべりが好き過ぎてたまらんけん、誰とでもすぐ仲良くなれる。やけん、めちゃくちゃ外交的な人だと思われる。けどさ、バリバリ人見知りになるときがある。それはママ友の世界に入るときだ。

この世界がよく分からない。運動会などの学校行事に行ったら、独りぼっちのアンちゃんは無口になる。「○○ちゃんのママ」と呼ばれることに慣れていなくて「なぜ、名前で呼ばんの？」と思う。みんな仲良く育児や料理について話すけど、私は付いていけん。

私はずっとコンプレックスがあった。頑張っても、あのママみたいにかわいいキャラ弁を作れない。あのママみたいに、しゃれとる何とか袋を作れない。学校用の雑巾を作るママにも出会って、子どもたちに「百均で買ってごめんね！」と謝りたくなった。

ママ友にはそれぞれの才能がある。

私は本を出版した後、その本をバリバリ料理がうまいママ友の家に持っていった。彼女の立派な食事の隣に本を置いた。その日、人生は変えられると気付いた。私はその友達みたいに毎日おいしいご飯を作れないかもしれんけど、面白い文章を書けるらしい。キャラ弁は無理だけど、英語と日本語の絵本を子どもに読んであげられる。ママたちはそれぞれ他の人にない才能があるけん、お互い比較せんでよかろう？

私は今ちょっと料理ができるようになったけど、インスタントラーメンを作っても、子どもたちはおいしく食べてくれる。子どもがありのままのママを愛してくれるけん、うちらママたちは、同じように自分を愛したらいいんじゃない？

今の私は、罪悪感なく百均で学校用の雑巾を買うバイ！自分を他のママと比較せんくなったけん、楽になった。学校行事での人見知りはまだ半端ないけど、人見知りでもおしゃべりでもいい。人間みんな、強いところと弱いところがある。子どもたちが思ってくれるように、ありのままの自分を受け入れよう！

Q&Anneちゃん

日本の独特な「ママ友」文化はかなり難しい？

私は、あまりママ友がいない。メディアに出ているせいで「ものすごい陽キャラ」だと思われるけど、実は「かなりの人見知り」で、ママ友の集まりではどう話したらいいか、よくわからない。弁当、子育て、習い事、ＰＴＡ等の話題にあまり入っていけない人だ。でもママ友はバリ大事だと思う。情報収集や子育てサポートに関して、欠かせない存在だ。何度もお弁当達人のママに助けられた！

温かいぐちゃぐちゃ卵挟みパンを食べたことがあると？

多くの日本人は外国のものが好きだと思う。洋食、洋画、洋服、洋楽。そして、外来語。日本語の語彙（ごい）の10％ほどは外来語といわれている。あまり多くないと思うかもしれんけど、他の言語と比べれば多い方だと思う。外来語専用文字（カタカナ）があるけん、取り入れ放題だ。外来語なしでは会話ができんかも。

ビデオカメラって和語（元々の日本の言葉）で言える？

外来語の主な役割は、言葉と物のギャップ（外来語を使っちゃった！）を埋めることだ。つまり、日本に存在しなかった物に外来語を借りる。特に技術用語が多い。コンピューター、メール、ソフトウェアなど。

外来語はおしゃれだと思われているけん、いろんな場面で和語の代わりに使われている。「オニオンブレッド」や「ベーコンエッグサンド」は、

ホットサンドスクランブルエッグは「温かいぐちゃぐちゃ卵挟みパン」？

なぜか「玉ネギパン」や「薫製肉の卵サンド」よりかっこいいらしい。ちなみに、サンドは英語で「砂」。誰も砂を食べたくないけん、気を付けてね！けど日本人は無意識で使い分けている。だって「エッグサンド」とは言うけど、親に「エッグを買いに行ってきて」と言われたことはなかろう？シャツの色はグリーンと言うけど「あの木はグリーン！」とは言わないよね。

私は、外来語は日本語に必要だと思う。なかったら言いたいことがなかなか言えなくなる。けどさ、既にある日本語の単語が外来語に取り換えられることはあまり好きじゃない。なぜ「ねじ回し」は「ドライバー」になったと？最近「離乳食」じゃなくて「ベビーフード」と言う人がいるみたい。どうしても「離乳食」が言えないアンちゃんママはありがたいけど、アンちゃん先生は、こういう傾向が好きじゃない。

やっぱり、人生何でもほどほどがいいと思う。外国語を楽しみながら、きれいな日本語を大事にしよう。そのために、アンちゃんは「離乳食」がうまく言えるようになるまで、練習するバイ！

Q&Anneちゃん

日本のTシャツは英語が多いけど、変な言葉も多い？

20年前は英語が書かれているTシャツはバリおかしかったけど、最近の英語はちょっとマシになった。たまに、すごく深い、考えさせられるような哲学的なことが書いてある。そのTシャツを買いたいけど、Tシャツはすでに数えきれないほどあるけん、遠慮するバイ。

黄色いスクールバスに乗って学校へ行こう！

4年くらい前、家族で1年間アメリカに住んだ。私のキッズは、生まれて初めてアメリカの学校に行けることを相当楽しみにしていた。特に映画によく出てくる黄色いスクールバスに乗りたくてたまらんかった。

親として、日本とアメリカのいくつかの大きな違いに気付いた。まず、給食だ。学校に行き始めてすぐ、娘に「なんで給食にお魚がないと？」と聞かれた。確かに、海から遠く離れている田舎町の給食に魚は一切なかった。ハンバーガー、チキンナゲット、ホットドッグ、パスタ、タコスなどのサイクルが繰り返されていた。給食じゃなく、弁当みたいな物を持っていってもいい。一番オーソドックスな「弁当」はサンドイッチ、リンゴ、チップスやった。キャラ弁が好きな日本のママたちが見たら泣き崩れるかもしれない。

子供を褒めまくってくれた素敵な先生（左）。

でも良いこともあった。まず、家で朝食の時間がなかった子どもは学校で食べられた。ただ「砂糖祭り」やった。シリアル、ドーナツ、ジュースなど。「砂糖中毒」の末っ子は朝ご飯を食べたのに、学校でも砂糖まみれのものをこっそり食べた。そして、親はいつでも学校で子どもと食べることができた。私と夫が学校に行けた日、娘たちは大喜びやった。何を持っていくか考えて、結局、彼女たちが好きなフライドチキンにした。小学校で親子仲良くフライドチキンを食べている姿なんて、絶対に日本で見かけないなぁと思った。

給食は恐ろしかったけど、先生の愛情と励ましは素晴らしかった。そのおかげで、子どもは学校を楽しみながら、たくさん勉強できた。すてきな先生に褒められまくったけん、英語力はバリバリ伸びた。日本の先生たちはもっと子どもを褒めたらいいなぁと思う時がある。どんな国でもいいところと、悪いところがある。お互いを批判するよりも、いいところを見つけたら、見習った方がいい。先生に褒められて、栄養があるおいしい給食を食べる子どもたちは絶対に伸びるバイ!

Q&Anneちゃん

日本の英語教育では英語力を伸ばすことは難しい?

日本の英語教育には、たくさん問題があるけれど、無駄だとは思っていない。中高6年間の教育のおかげで、英語も読めるようになるし、語彙の土台ができる。ただ、その土台は、なかなか会話力に繋がらない。その土台をもうちょっと生かして、表現力を育てることに力を入れないといけないと思う。ただ、その表現力が欠けているというのは、英語だけの問題じゃなくて、日本語でも問題になっている。コミュニケーションのコツ、自分の意見を持つこと、表現できるようになるコツも併せて教えないといけないと思う。

アンちゃんも動詞になりたい！

片付けのプロの近藤麻理恵（こんまり）さん、覚えてますか？２０１０年に出た「人生がときめく片づけの魔法」がベストセラーになった。こんまりは海を渡ってKonMari（コンマリ）になり、今アメリカで活躍中だ。もしかしたら、トランプ大統領と同じくらい知られているかも！コンマリが出演しているテレビ番組が人気だ。部屋中散らかして片付けに悩むアメリカ人が、コンマリにＳＯＳを送る。彼女は救い主のように問題を解決していく。この番組が面白いのは、日本とアメリカの世界観の違いがはっきり見えることだ。

もし持っている物にあなたがときめかなかったら、手放した方がいいとコンマリは言う。「ときめく」は英語に訳しにくいけど、一応「spark joy」になった。物を処分する前に、その物に「ありがとう」と言わな

「ありがとう」と言って大好きなセーターを手放した。

いかん。ほとんどのアメリカ人は、このように物に「ありがとう」と言おうと考えたことがないと思う。物には命があると考える日本人にとって、感謝することは当たり前かもしれん。多くのアメリカ人は、物をくれた神様に感謝することが多い。やけん、その番組で一生懸命物に感謝しようとするアメリカ人の姿はバリかわいいバイ。

私が見た番組では、その家の男性が「片付けはセクシーバイ！」みたいな発言をした。コンマリはほほえみながら「それはアメリカ的な考えですね」と言った。確かに「片付けはセクシーだ」と思う日本人男性は少ないかも。テレビ番組を通してお互いの世界観を知るのは素晴らしい。コンマリみたいに、永遠に物に「ありがとう」と言う日本人は少ないかもしれないけど、視聴者は、物を大事にする概念は日本人にとって大事なんだと分かる。

ちなみに、コンマリは英語の動詞になった。「必死に片付けること」と言う意味で「I Konmaried my house.」みたいに。私もいつか、動詞になりたいなぁ。「行動力がある」と言う意味で！

Q & Anneちゃん

小泉進次郎さんの「気候変動問題はセクシーに」はどう思った？

小泉さんは結構メディアからバッシングされたけど、実はその英語の使い方は悪くない。この「sexy」は、環境問題を面白くして、興味を持たせるようにしないといけない、という意味だった。日本語に訳すと、少し笑えるけど、英語的には今時の使い方やったよ！ 意外よね！

失敗に感謝！

失敗することが好きな人はあまりいないと思うけど、私は失敗が大好きだ。だって大きな失敗のおかげで、今、私は日本にいるバイ！　私は、大人になるまで大きな失敗をしたことがなかった。高校でスポーツや成績は良かったし、行きたい大学にも苦労せずに入った。大人になってからも、すてきな夫もゲットしたけん、アンちゃんは失敗をあまり知らんかった。

26歳のとき、やりたかった仕事の面接に落ちた。ショックがあまりにも大き過ぎて気絶しそうやった。しばらく落ち込んでいたけど、日本から来ていた留学生に出会い、放課後に英語を教えることになった。それが面白くて大学院に行くことにした。で、北九大の仕事につながった。つまり、その失敗のおかげで今のすてきな人生がある。

英語教師として、学生は失敗と仲良くしてほしいと思う。けど日本の

英語を教える面白さに気付かせてくれた元留学生。

文化では、失敗は良いことじゃなく、避けるものだ。失敗したくないけん多くの人は英語を話そうとしない。それだともちろん失敗はしないけど、成功もしない。

私が日本語を使うとき、ミスの数はマジ半端ない。あるとき、友達に「あなたは私にとって、計り知れない価値がある」と言いたかったけど「あなたは価値がない」と言ってしまった。バリ恥ずかしかったけど、もう二度と同じミスはしない。勉強になったし、コラムのネタにもなった。ちなみに私の失敗すべてをネタにして書くバイ！

生きている間に、失敗を恐れずに、大胆に何でもチャレンジするなら、人間はどんだけ素晴らしいことができるやろう？ アン先生は、よく学生に英語の質問をする。その中に、大きな声を出して答える学生がいる。答えが間違っていても、その学生をみんなの前で褒める。勇気を出して失敗を恐れずに答えようとする学生の姿は、すてきだ。

失敗と仲良くしよう。もしかしたら、アンちゃんみたいに失敗のおかげで人生が夢みたいになるかも。失敗は成功のもとだ！

Q & Anneちゃん

日本語の言い間違いを教えて！

私じゃないけど、私の夫が乾杯の時に、「アンちゃん、一言お願いします！」と言いたかったけど、間違えて「独り言お願いします」と言ってしまった。そして、友達が「お腹いっぱい」と言うつもりだったけど、「田舎おっぱい」と言ってしまった。私じゃなくてよかった！

野球とベースボール、どっちも大好きバイ！

私は「野球家族」で育った。夏休みには、大好きなカージナルスの試合を見るために、12時間も車に乗った。試合がある日は毎晩、父は何があってもベランダに座ってラジオを聴いていた。今はテレビで試合を見ているけど、父の熱心さは変わらん。父とはバリ仲が良いけど、私が日本から電話したときに試合中だったら、ゲームが見たくてあまり話せない。私は野球をするのも好きだった。夏休みに、近所の子たちをうちの庭に集めて試合をした。大人になっても大好きだ。末っ子を産んだ直後、分娩台で先生に「いつバッティングセンターに行っていいと？」と真面目に聞いた。

日本に来てすぐプロ野球の試合を見に行って、面白いことに気付いた。それは、野球とベースボールは違うスポーツということだ。日本と

大好きなカージナルスのユニフォームに中学時代から使っているグラブ。

アメリカの文化の違いがはっきり見えるバイ！　まず、応援団。アメリカのベースボールでは見たことがない。個人主義のアメリカ人は、個人的に応援する。日本ではなかなか見ない、バリバリ失礼なことを言うファンが多いけど、まぁ、自分の意見をしっかり表現できるなぁと思う。さすがアメリカ人だ！　日本に応援団がいるのは集団を大事にするからかな。応援団はすてきなんだけど、びっくりしたことがある。ある日、彼らは応援に熱中していたせいか、チームがアウトになったのに、間違って喜びの声を上げてしまった。純粋なファンのアンちゃんは、それが気にいらんかった。それと、日本でよく見る犠牲バント。リスクと関係があるかもしれない。日本人はより確実な選択をして、アメリカ人はリスクをかける傾向があるような気がする。同点が嫌いなアメリカ人は、勝負がつくまで試合を続ける。同点で終わるくらいなら「負けた方がまし」と思っている人が多いと思う。スポーツも文化と世界観につながっている。背景を知らなければ、やり方が理解できないと思う。野球とベースボール、どっちも好きバイ！

Q&Anneちゃん

野球以外に好きなスポーツは？

小さい時からずっとバスケットボールをやっていて、高校生の時にバージニア州の女子バスケ大会で優勝した。筋トレと運動も大好きやけん、家にボルダリングの壁を作った。子供のためじゃなくて、自分のためバイ！

いつでも食べたい「季節限定」

私は冷やし中華とおでんがバリバリ好き。両方とも一年中食べたいけど、残念ながらここは季節限定が好きな日本やけん、難しい。

母国のアメリカには、季節限定のような仕組みはあまりないから、ずっと意味が分からんかった。なぜそれは夏のものなの？　冬のものなの？　誰が決めたと？　一番不思議なのはカレーとシチューだ。具が同じなのに、シチューは冬でカレーは主に夏のもの？　最近、季節限定のものについて少しずつ分かってきた。日本人は何でも季節に合わせるのが好きだ。食べ物だけじゃなくて、洋服もそうだ。衣替えの時期がきたら、今着ている服をしまって、次の季節の服を出す。気温とあまり関係ないような気がする。10月に入ると、日本人は本格的に秋モードに入るバイ。

暑いのか寒いのかわからんくなってきた。

気温は25度近くても、タートルネックを着る人は結構いるやろう？　もし同じ25度の日に私が半袖シャツを着たら、必ず誰かから「先生、寒くないですか？」と聞かれる。アメリカ人は日本人ほど季節を考えないと思う。暑い日に半袖、寒い日に長袖。

もう一つ、日本人にとって大事な理由があると思う。一年中ずっとあるわけじゃないからこそ、意味がある。楽しめる。おでんは冬のものやけん、冬をバリ楽しみにする。そして、待ちに待った衣替えの10月1日がきたら、やっと大好きなタートルネックを着られるバイ！　こういう考えが一番見えるのは、桜だと思う。2週間くらいしか見られないからこそ、全国の日本人に計り知れない希望と喜びを与える。もし一年中咲いていたら、桜の魅力はなくなる。自然と仲良く共存する日本人。日本人の心にある、目には見えない世界観は、日常生活のいろんな場面に現れてくる。日本人になりかけているアンちゃんは、周りの人と一緒に冬にしか食べられないおでんを楽しみにしている。ただ、10月のバリ暑い日なら、アメリカ人らしくサンダルを履くバイ！

Q&Anneちゃん

アメリカには衣替えはありますか。

まぁ、もちろん寒くなったり暑くなったりするとプチ衣替えするけど、日本みたいに、10月になったら秋‼ みたいな感覚はない。アメリカ人は季節じゃなくて、気温によって服を決める。10月の暑い日なら、私は半袖を着る。そして必ず、周りの人に寒くないかと聞かれる。仲が良いアメリカ人の友達は、独自に衣替えを定義した。「外国人が10月に半袖のシャツを着た時、「寒くない？」と言われる行事」だ。

愛する子どものため

昨年、子どもたちが通っている小学校の行事に参加した。受付で「何組ですか」と聞かれたとき、何組か知らないことに気付いた。「私はヤバイママなんだ！子供のクラスが分からん」と思った。しかも4月だったらあり得るけど、11月ごろだった。

それより前、仕事で親子行事に行けんかった。子どもの寂しそうな顔を見たら、改めて「やっぱり私はだめなママなんだ」と思った。学校行事にほとんど行けないけん、子どもに申し訳ない気持ちがあふれていた。

世界中の働いている多くのお母さんは、多分私と同じ気持ちがある。働きたいから働く人もいるし、経済的に働かないかん人もいる。でもきっとどっちにしても、時々罪悪感があると思う。そして、その罪悪感から疑問が生まれる。「本当に経済的に働かないかんと？ちょっと節約した

アンちゃんも子供たちをバリ愛している。

ら、もうちょっと家にいることができるかも」。それか「自分の夢を追い掛けるために、子どもを犠牲にしているのはわがままかも」。他のお母さんたちもそうだと思うけど、私も何回も自問している。

けどさ、子どもは一生懸命働いているお母さんの姿に対しての誇りが半端ないと思う。そして、そのバリバリ頑張りよるお母さんを応援してくれる。私の娘たちは時々、学校から帰ってきて「先生はママの新聞の連載を読んでるよ！」「友達はママがバリかっこいいと言った」「みんなテレビを見ているよ」と誇りがあふれているような発言をする。もちろん親子行事や授業参観に毎回来てほしいけど「ママは一生懸命働きよるけん、来れんバイ！」みたいなことを、きっと自慢げに言っている。

世の中にはいろんなお母さんがいる。専業主婦もパートも正社員も、一つの大事な共通点がある。それは、愛する子どものために必死に生きていることだ。子どもは、お母さんの姿がバリかっこいいと思っている。お母さんをありのまま愛してくれる。学校行事に行っても行かなくても、それは変わらんバイ！

Q&Anneちゃん

あんまり意味がわからん校則がありますか。

校則は必要だと思うけど、「ブラック校則」は人権侵害だと思う。ツーブロック禁止、ポニーテールや三つ編み禁止、下着の色の指定。地毛証明証など、まったくイミフ。友人の娘は黒人のハーフで、三つ編みは一番髪の毛にやさしいのに学校で禁止されていて、その結果、髪の毛はどんどんパサパサになっていってる。本当に多様性を認める社会にしたかったら、こういうブラック校則をなくさないかん。

「サポーター」はただの「ファン」じゃない

2週間前、日本に来て初めてサッカーの試合に行った。J3（※当時）ギラヴァンツ北九州の社長から、サッカーに関する和製英語のトークショーを試合前にするよう頼まれた。社長も和製英語も北九州も大好きやけん、喜んでその仕事を引き受けた。

けど正直、私はサッカーのことをあまり知らない。子どものときはサッカーに熱心だったけど、大きくなるにつれ、情熱がどんどん冷めちゃった。多くのアメリカ人は子どものころにはサッカーをするのに、なぜか大人になるとあまり興味が湧かなくなるみたい。ちなみに、小さいアンちゃんはめちゃくちゃうまいキーパーやった！

日本人はサッカーにバリバリ熱い。昨年のワールドカップのとき、その情熱がはっきり見えた。大学で1限目の授業は恐ろしかった。夜通し

アンちゃんはギラヴァンツ北九州が好きバイ！

試合を見ていた学生の眠気は半端なかった。

野球が和製英語であふれていることはよく知られているけど、サッカーも意外と多いバイ！ サイドバック（fullback）、ハンド（handball）、ヘディング（header）など、調べれば調べるほど魅力的な和製英語をたくさん発見した。そしてアメリカと日本では「サッカー」といい、多くの国は「フットボール」（football）という。アメリカには大人気の「アメリカンフットボール」があるからかなぁ。そのことについてサポーターと話したら「アメリカンフットボールでは、あまり足を使わないのに、何でフットボールって言うと？」と聞かれた。確かに。初めて考えた。

トークショーはバリ楽しかった。でもそれより感激したのは、ギラヴァンツのサポーターの情熱やった。試合は負けたけど、サポーターたちの選手に対する感謝の気持ちに感動した。やっぱりサッカーはただのゲームじゃない。地元チームは、その地域の人たちをつなげる役割もあるし、喜びも与える。勝っても負けても、ギラヴァンツは北九州市民の誇りなんだ！

Q & Anneちゃん

野球に関する和製英語もありますか？

ナイター、デッドボール、イージーフライ、ヘッドスライディング、タイムリーヒット、ランニングホームラン……これら全部、アメリカでは使いません。ここに挙げたのはごく一部で、野球はまさに和製英語の大宝庫バイ！

ＰＴＡ副会長になった

私は日本に来てから、できるだけ日本文化になじもうとしている。子どもを地元の保育園や小学校に行かせたり、子ども会に入れたりした。けど大嫌いなものがあった。何があっても絶対にせん！と決めていた。それはＰＴＡだった。びっくりするような話をたくさん聞いた。働いているお母さんはＰＴＡ行事のために有休を取らなくてはならないときもあるとか、ストレスで体調が悪くなる人もいるとか。しかもボランティアのはずなのに、多くのＰＴＡは実際にはボランティアじゃない。

アメリカのＰＴＡは完全にボランティアだ。やりたい人は少なくても、楽しい行事を企画する。一方、日本のＰＴＡ役員の組織表を見ると、小さい国の内閣みたいに複雑。年間行事や会議も多くて、抽選で選ばれる人はマジかわいそうだなと、ずっと思っていた。

２年前くらいから、ＰＴＡに対する考えがちょっと変わってきた。だっ

他の親たちと一緒に
頑張るバイ！

て私が「日本人と同じ扱いをしてほしい」と言いながら「アメリカ人だからやらん」と言ったら、なんかおかしいやろう？　私は忙しいけどみんなも忙しいから言い訳にはならん。

やけん、4月から中学校のＰＴＡの副会長になった。昔からの友達が知ったら「あなたがＰＴＡ？」とショックで気絶しそうなはず。今の友達は「忙しいのにできるわけなかろう？」と言った。まぁ、できるかどうか分からんけどやってみる。できることはする。できないことはしない。あくまでボランティアやけん、それでもよかろう？

日本のＰＴＡは悪くない。子どものために素晴らしいことをたくさんやっている。けど、やらんでいいことや必要ないことがあるに違いない。昔からやっているからといって、ずっとやった方がいいとは限らない。必要な行事に絞って負担を減らしたら、日本のママやパパたちは喜んでくれると思う。文句ばっかり言って、何もしようとしないことは良くない。とにかく他の役員たちといろいろ考えないかん。今度会ったら「アンちゃん副会長」って呼んでね！

Q&Anneちゃん

ブログに書いた地獄のＰＴＡ話は反響があった？

かなり反響があった。共感できる人からたくさんのメッセージがきたけど、やっぱり日本では、ずっとあるものはなかなか変えられない。私が知る限り、ブログがきっかけでＰＴＡが変わったりすることは全然なかった。残念だけど、これが現実。けど、諦めない！

【はみだし番外編】

アンちゃんがPTA本部を辞めたワケ

毎年1、2月になると思い出すのが、PTAのこと。なぜならこの時期は、PTAの新役員を選ぶシーズンだから。コロナの影響で少しは変わったと信じたいけど、どうかな……。

役員だけじゃなくて、PTA会員も辞めた私は、PTAが嫌いなわけじゃない。嫌いじゃないけど、変わらないといけないことが多い。

なのでこの本に、ブログで反響が大きかった記事を、ブラッシュアップして載せることにした。

私は、２０１９年の11月に、中学のＰＴＡ本部を辞めた。

私がＰＴＡに在籍していた7ヶ月は、言葉に表せないくらい辛かった。辞めた次の日からも調子が悪いままで、この経験についていずれ記事を書こうと思ったけれど、しばらくは一切、ＰＴＡについて考えたくなかった。正直、私の大好きな日本が嫌になった。もし、これが日本の文化なら、日本の文化は嫌だな、と思った。

そしてＰＴＡを辞めた日から、４ヶ月が経った。やっと立ち直って、色々客観的に見えるようになった。やけん、語りたい。「こんな記事、書かんで！」と言われたこともある。「アンちゃんファンは、明るいアンちゃんが好きやけんさ」と。だけど、書かざるをえない。誰かが、こういう記事を書かないかん。その誰かが、私だ。

その前に一つ、言いたいことがある。私は「日本全国、すべてのＰＴＡが悪い」とは思ってない。良いことをたくさんやっている人たちも多いし、ＰＴＡ本部で仲良くやってる友達も多い。私の体験ストーリーは「ある田舎の中学校のＰＴＡ本部の話」だ。

この記事は、誰かを批判するためじゃなく、読者に考えてもらうために書いた。かなりエグいけん、覚悟してね。

外国人だから特別扱いして欲しくない！

ずっと前に、私は決心したことがあった。それは「何があっても絶対、ＰＴＡの役員にだけはならない」ことだった。

だって、すごい話をたくさん聞いていたから。脅しがあったり、ストレスで倒れたり……ＰＴＡとは、何という恐ろしい組織なのだろうと思った。

ボランティアのはずなのに、ほぼ強制。もしかしたら、英語の volunteer と日本のボランティアは意味が違い、和製英語なのかも…。

周りの人には、耳にタコができるくらい「私がどんだけＰＴＡが気に入らんか」について語ってきた。それについて、自費出版で本まで出した。とにかく、ＰＴＡだけは、絶対にせん。

……なのに、２０１９年の2月にＰＴＡ本部の「母親代表兼副会長」の役を引き受けた。こんなにもＰＴＡが嫌なのに、一体何で引き受けた？　と聞きたかろう？　……理由は簡単だ。周りの日本人は皆、せなあかんけんさ。

私は一生懸命、日本の文化に馴染もうとしている。外国人扱いは嫌だ。「外人だから、せんでいい！」と言われたくないし「外人だから、したくない！」とも言いたくない。特別扱いして欲しくない。日本人と全く一緒がいい。やけん、いつしか「みんなと同じように、ＰＴＡもやらないけん！」と思うようになった。「もしかしたら、ＰＴＡの改革もできるかも」と。

「できる人が、できる時に、できることを！」

そんなことを考えながら、皆が恐れる2月の電話がきた時、中学のＰＴＡ本部「母親代表兼副会長」を引き受けた。

ただ、ＰＴＡを全くやったことがなかったけん、あまりにも知識がなさすぎて、ＰＴＡの構造が全く理解できていなかった。「本部もクラス委員も、一緒じゃない？」と、私は思っていた。

なので、私がＰＴＡ本部の役員を引き受けたことを友達に言ったら、みんなショックで気絶しそうになった。「できるわけがなかろう？　忙しすぎて絶対無理！」と何人にも心配された。

選考委員に「どんだけ時間が取られるか？」と聞いたら「まぁまぁ、そんなには…」みたいな、曖昧な答えが返ってきた。

そこで、忙しいけれど前向きな私は、なんとかできると信じることにした。だって、そもそもＰＴＡのスローガンは「できる人が、できる時に、できることを！」だ。でも残念ながら、そのスローガンを、私は経験できなかった。

これ、本当にできると？

最初の顔合わせは、いい感じだった。中学校のＰＴＡ本部の経験者は、１人だけだった。私を含めての残りの４人はいろいろ全て、わけわからん状態だった。

私は、すぐに圧倒されてしまった。資料は山ほどあり、仕事は予想よりはるかに多かった。「これ、本当にできると？」と、初めて不安になった。

けれど「あくまでボランティアやけん、できないことはできなくてもよかろう？」と思った。だって「できる人が、できる時に、できることを！」なはずだから、さ。

しかし、最初から他のメンバーとぶつかった。

「土曜日は不定期にテレビ出演が入るので、何もコミットができない」と伝えた。仕方がない。私はＰＴＡ本部に入る時に「ＰＴＡ行事のために仕事は休まない」と決めていた。テレビ出演は仕事やけん、断らない。

だから会議で、仕事をしているお母さんたちに、私が「仕事を休まなくていいよ！」と言ったら、いきなり怒られた。それを言わんでくれって。

平日の会議も多かった。急に会議の連絡が来る時もあった。「明後日は会議だから！」みたいな、急な決定もあった。「参加出来なかったらいいよ！」と言われてはいたけど、私があまりにも色々いけんかったけん、他のメンバーは腹を立てはじめた。「マジで、こんなに集まりが多いと？　フルタイムの仕事とあまり変わらんなぁ」と思った。

くじと騙し

ある日、本部の一人に愚痴を言った。「引き受けた時、こんなに大変だと教えてくれなかったけん、騙された感が半端ない！」。すると「いや、みんなが騙された。ある程度の騙しがないと誰も本部役員にはならんよ！ 仕方がないの、とにかく仕事をやるしかない」と答えた。

笑いたかった。何なの、この変な団体は⁉ ＰＴＡをやってもらうのに、騙しが必要なんて、何かがおかしくない？ 誰もやりたくないから、くじと騙しが必要？ 考えてみたら、ボランティアのはずなのに、組織決めのくじも、おかしすぎるし「くじに当たってしまった！」というのも、山ほど聞いたことがある。「当たってしまった」…考えてみて。「当たってよかった！」と、普通は言うやろう？

こんなにも役員になることがイヤなら、改革したほうが良いと思わん？ くじがなかったら、役員枠が埋まらない。埋まらんかったら、行事ができん。…いいんじゃない？ やりたい人がいなかったら、その行事は廃止していいと思う。

着ていた洋服のことも注意された。「あなたの着ている服は歓迎会には相応しくないから、着替えて」。えっ！ この服で報道番組に出演したんだけど…。

と、ここで言いたいことがある。私にも反省するところがあるのだ。私は、母親代表として、相応しくなかった。間違いなく、やらなあかん仕事ができなかった。引き受けたこと自体が大間違いだった。

それは認める。けどさ、そもそもは騙されたから（笑）。

私は、役員の仕事をやりたくなかったわけじゃない、スケジュール的に無理だったのだ。けれど、役員のみんなには、それなりに犠牲を払わないかんと言われた。「あなただけじゃなくて、みんなも忙しいよ」と。

でも私は「ボランティアとして本部役員の仕事を引き受けた」から、ＰＴＡのために犠牲を払う必要はないと思った。

しかも、みんなが同じ条件じゃない。人間は、もちろん平等なんだけど、環境は同じではない。フルタイムで働いている子ども6人ママと、子どもが1人しかいない専業主婦では同じとはいえない。それぞれ家庭と仕事の事情が違う。それは認めないといけない。でもそれは、ＰＴＡでは認められなかった。「とにかく、やらないかん！」と言われた。

時間がなくて、他のメンバーに助けを求めても、怒られた。「あなたの仕事やけん、自分でやって！」。日本の助け合い精神は半端ないけん「何でダメなん？」と聞きたかった。

ＴＶのロケでアメリカへ行った時も、ラインの攻撃が飛んできた。「どんだけあなたは無責任で、どんだけわがままなのか」等々。仕事に全然、集中できなかった。

ライン攻撃は続くよどこまでも

ここでちょっと、ラインのことを少し書かせてね。

私は、グループラインが大嫌い。何故かというと、攻撃が酷いからだ。顔と顔を合わせては言えないことを全部、ラインでいうからさ。私と他のメンバーは、ずっとラインで説教された。今までの人生で、こんなに文句を言われたことはない。こんなにもいじめられたことはない。正直にいうと、まるで「中世ヨーロッパの魔女裁判の拷問」みたいな感じだった。

そして、よく夜中にもラインで説教がきた。朝起きたら、小説みたいな長さの説教が入っていた。ラインだけじゃなく、夜中に電話もあった。マジで気持ち悪かった。普通、保護者って他の保護者に真夜中に電話する?

毎日、毎日、説教されて、疲れてきた。ボランティアなのに何でここまでされる? 意味がわからない。…「辞めようかな」と考えはじめた。

魔法の言葉の賞味期限

本気で辞めるつもりやったけど、仲良しのK子に止められた。K子には「大変だけど、もしかしたら、あなたにも反省するところがあるかもよ」と言われた。

K子と友達になってからは、反省することが多かった。間違いなく「人間は成長するためには、反省する心が大事なんだ」と。

K子にこう言われた。「あなたの事をよく知っているけど、それが原因で人間関係がうまくいってないのでは？　あなたは会議室に入るとき、何も言わないで入るやろう？　何があっても、どんな気持ちの時でも必ず『お疲れ様です！』と挨拶するといいと思うよ」。

なるほど、確かに拗ねた態度だったかも。ちょっとやってみようかな。

次の会議までに、人間関係のモヤモヤは全然解決せんかったけど、会議室に入ったら明るく「お疲れ様です！」と言ってみた。すると、ぱっと雰囲気が変わった。みんなで仲良く会議ができた。「何なの、この魔法の言葉！　スゲー！」。

もう一つ、K子に教えてもらった。「『できない！　無理！』みたいなことを言わないで。

丸～く言わないといけないよ！」。帰るときなら「すみませんが、用があるので少し早めに帰らせてもらっていいですか？　申し訳ないです」と言ってみてって。…あぁ、これも魔法の言葉だった、スゲー！

その後3か月は、これでなんとか一緒に仕事ができたけれど、ある日、魔法の言葉には限界があることに気が付いた。

私は、あまりにも「申し訳ございません」と言いすぎて「あなたは、ずっと申し訳ございませんと言ってるけど、本当はそう思ってなかろう？」と言われてしまった。やっぱり、言いすぎはよくないのだ。勉強になった。

辞めたい…でも、迷惑をかけるのは絶対に嫌だ！

そして10月になり、念願の全国出版される本を書くことが決まった。しかも夫が1ヶ月アメリカ出張に行っている間に、私は3回、東京に行くことになった。

少しでも本の執筆に集中したかったけれど、あいかわらずPTAの会議や行事が多かった。でもいろいろ行けなかったから、またラインの攻撃がきた。夜中にもラインと電話。

ＰＴＡのラインコールは、永遠に鳴っていて、今までの人生で一番大事な仕事に全然集中できんかった…。

それが、決定的なターニングポイントになった。

確実にＰＴＡは、仕事の妨げになっていた。そして家庭の妨げだった。会議や集まりが多いため、子どもと過ごす時間が減ってしまったのだ。そして何より、もともと前向きな性格の私が愚痴ばっかり言う人になってしまい、家族みんな、ＰＴＡの愚痴に飽き飽きしていた。

そんなある日、ショッキングなことに気づいた。「ＰＴＡ本部に入ってからの私は、私じゃない」。…何とかせないかん、前のハッピーなアンちゃんに戻りたかった。

やっぱり、辞めなあかん。けどさ、辞めたら、どんだけ色んな人に迷惑をかけると？　辞めたらきっと「やっぱりあの外人は、日本の文化がわからんかったとよね！」と思われるだろう。大好きな日本の文化を理解しようとしている私だから、それだけは嫌だった。

ＰＴＡ本部を休む

そこで、校長先生に相談してみた。校長先生はバリ素敵で理解がある人だ。「アンさん、本を書いている間は本部を休んだら？『こんなに働いているママだって、本部はできる』と、みんなにわかって欲しいから。どうしても辞めないで欲しい」と、熱心に引き留めてくれた。

笑ってしまった。「だって、忙しく働いているママは本部はできんやん！」と答えた。けど、信用できる校長先生の提案を、私はやってみようと思った。

そして、本部に休むことを言った。いつものように、誰も何も言わなかった。会長は「はい、わかりました」と言ってくれたけど、それぐらいだった。きっと後で、ラインで何か感想が来るやろうな、と思っていたら……すると、うん、きた。いつものように。本当、理解がないなぁ。きっと私が「わがままだ」と思っている人がいる。まあ、仕方がない。

そんな訳で、ゆっくりと10月を過ごしたかったけれど、残念ながらできなかった。休む前に、やりかけのことをやり遂げたいと言ったけれど、やらせてくれなかった。理由は、休んでいるからだ。なのに、休んでいる間も「会議には来い！」と言われた。マジで意味がわからない。

そんなある日、子どもが「ママ、ＰＴＡをやめてくれる？」と頼んできた。

「は？」。子どものためにＰＴＡをやっているはずが、子どもはＰＴＡを辞めて欲しいらしい。その言葉に考えさせられた。一体、何でＰＴＡをやってると？

休むことが決まってすぐ会議があったけれど、行かなくて本当によかった。久しぶりに、ゆっくりご飯を作って、ゆっくりとみんなで食べた。これがいいなぁ。やっぱり、前の私に戻りたいなぁ。この1か月の休みが終わったら、本当にＰＴＡに戻れるのか、かなり疑問があった…。

「日本人をばかにするなよ？」

ＰＴＡ役員の休職の間、ラインの攻撃は、我慢できないくらい激しくなった。やけん、ＰＴＡ本部のグループＬＩＮＥを離脱した。でも残念ながら、その攻撃は、なんと個人のＬＩＮＥにまで、追いかけてきた。その内容は、いじめ、怒り、差別用語で溢れかえっていた。

「日本人をバカにするなよ？」「自己中心的なあなたと付き合っている場合じゃありません」等々。さっそく、その人をブロックした。そして、どんどんしんどくなってきた。

11月20日に、本部役員としてではなく、保護者として臨時総会に出席した。色々あって、臨時総会が必要だったのだ。そこで私も含めて、色んな保護者が、学校とＰＴＡに関して意見を出し合った。

終わった後、個人的に呼び出され「この後、どうすればいいかを話さないといけないから、あなたも参加して欲しい」と言われた。

どうしても行きたくなかった。本部も休んでいたので、保護者として臨時総会に行っただけなのだ。なによりも、気まずい雰囲気は半端なかった。関係性があまりにも悪くなってたけん、目すら合わすことができなかった。

行ったら、きっと説教される。「嫌だ、絶対に行かない」。

けれど、尊敬する本部の一人が、冷静に「アンちゃん、頼むから来てね」と言ってくれたから、行った。彼女が今まで、私をずっと助けてくれたから、行ったのだ。

その時のミーティングで起きたことは、バリエグかった。今思い出すだけでも、吐きそうになる。私は、辞めるつもりはなかった。けれど、その場で色々気づいた。

まず第一に「(前述の一人を除き)本部には、私の味方はいない」ことだ。もしかしたら、私と同じ気持ちの人がおったかもしれんけど、結局はみんな黙っていた。

ものすごくいじめられたけど、誰もいじめる人を注意しなかったし、誰も私を守ってくれなかった。ミーティングでの仲間外れ感は、半端なかった。

そして、このメンバーでは、この先も何も変わらない。誰一人、この変な組織を変えようとしないなら、私がいる意味などない。

「我慢」の方が「反発」するより楽だ

やっと長年のPTAの謎が解けた気分だった。

50年以上、日本のママたちはPTAに悩まされ続けている。多くの人はなんとなく「PTAは嫌だ。なんか、おかしい」「何がおかしいか、わけわからんけど、なんとなくおかしい。やりたくない」と思っている。

けど、何かを変えようとすれば、時間も元気もいる。忙しいママたちには、どちらもないのだ。

色んなPTAのパターンがあると思う。楽しく仲良くPTAをやる人もたくさんいると思う。理解があるPTAに恵まれた人はバリ羨ましい。けれど残念ながら、理解がないP

TAもたくさんある。

そんなPTAだったら、こんなパターンが多いだろう。運が悪くてクジを引いてしまう人、そして、私みたいに騙されてボランティアに入った人は、1年間意味がない集まりに行き、いじめられて、言われた通りにする。とにかく我慢。嫌だけど、何かを変えようとすることよりは、楽だ。

そして、途中で辞めたら、誰かに迷惑をかける。日本人は、何よりも迷惑をかけることを避けたい。「迷惑」と「我慢」。日本文化の最も重要なキーワードだ。

つまり、人に迷惑をかけたくないけん、嫌なことを我慢する。やけんPTAを辞められない。

また、学校によって本部の仕事は全然違う。私の場合、本部の負担はとても多かった。私は、母親代表だったけん、母代の集まりは月1回、行かないかん。いや、行かないかんじゃなくて、行くことは好きだった。本部のストレスは多かったけど、母代のみんなは好きだったけんさ。ただ残念なことに、平日の昼間やけん、仕事で一回しか行けていない。

基本的な本部の会議や、永遠に続く文化祭の事前会議、そして役員会議、研修、飲み会……なんで、こんなに会議ばかり、たくさんあると？　顔合わせ、打ち合わせ、打ち上げ、役員会議。どんだけ会議の種類があると？

それ以外に本部は、学校行事も担当しないといけなかった。給食試食会を頑張って企画し、私は司会をやった。テレビに出ている時より、この司会の方がよっぽど緊張した、マジで。ママ行事でのアンちゃんの人見知りぶりは半端ないのだ。

そして、試食会の反省会もあった。そしたら、また事後会議だ。必要あると？　だってアンケートの結果はバリよかったから、わざわざ集まる必要あると？

家庭教育宣言の仕事も適当に、割り当てられてしまった。すると、あまりにも時間がかかったけん、蕁麻疹になりそうやった。

そして福岡県のＰＴＡ大会も、母代の責任。けれど、それも行けなかった。

そして、うちの本部は、自分が担当してない行事にも「来て！」と強制参加だった。

本当にもう、あまりにも仕事が多すぎて、完全に圧倒されっぱなし。私は意見したけど、他のみんなは、言葉少なだった。

こんな場合、黙る人が多い。黙ると、同じパターンがまた繰り返される。うちの中学校もきっとそうなる。

しんどくて、めんどくさいけん、どんなに言われても、我慢の方が反発するより楽だ。

私は、色々変えたかったけど、私に時間も元気もなかった。もし味方がおったら、できたかも。けれど1人ぼっちだった。我慢をする元気もなかった。我慢する意味もなかった。このボランティア組織のために、私の仕事や家庭を犠牲するつもりなんかない。

……こういうことに気づいたのだ。

だから、その臨時総会の後、ＰＴＡ本部を辞めた。色々言い争った後、辞めた。バリエグかった。家に帰った後、吐きそうになった。そこまで頑張る必要なんかなかったのに。

ＰＴＡで見えてきたこと

そんなエグイ日々から、４ヶ月が経ち、平静を取り戻せた。ＰＴＡをやったことは後悔していない。たくさん良いこと、悪いこと、知見が得られたからだ。そこで、私の怒涛の体験の感想をまとめてみた。

①ＰＴＡは基本、悪い組織じゃない。様々な勇気ある人が、素敵な改革をしている。けれど逆に、私みたいに苦しんでいる人は、まだまだたくさんいる。まだいるから、改革は

終わっていない。私の話に頷いてくれる人は多いと思う。こんな風にＰＴＡで悩んでいる人はきっと死屍累々のはず。

②ＰＴＡは、たくさん良いことをやっている。交通安全運動や運動会などなど。けど、無駄な動きがあまりにも多い。その無駄をなくして、必要なことだけを残したら、みんなＰＴＡをやりたくなるはずだ。あの訳わからんクジが必要なくなるはず。

③ＰＴＡは、あくまで任意団体。会員にも役員にも、ならなくて問題ナシ。ＰＴＡ発祥の地・アメリカでは、親の20％くらいしか会員になっていないそうだ。

④私を含め、私の中学校本部のメンバーは、子どもに謝らないといけないと思う。子どもの前でこんなに言い争うなんて、本当ありえない。全然、良い見本になれなくて本当に申し訳ない、ごめんなさい。

⑤私は間違いなく、本部の母親代表兼副会長の仕事を、完璧にこなすことなどできなかっ

た。それは認めて、率直に謝る。

⑥がしかし、いじめや、外国人であるがゆえの差別用語、怒りむき出しの指導などは、絶対に許されないことだ。親は子どもに「いじめはダメ！」と言うのに、親同士ではどうだ。そんなことをいう権利は一切ないだろう。

⑦保護者は、他の保護者に真夜中に電話をしちゃダメだ。

⑧かつてＰＴＡが設立された当時、殆どのお母さんは専業主婦だった。逆に今、殆どのお母さんは働いている。旧態依然のＰＴＡ組織は、現在の日本社会に合っていない。

⑨ＰＴＡ活動するのは「子どものために」という人が多い。けど、ＰＴＡのせいで子どもとの時間が少なくなる役員さんがたくさんいる。多くの子どもはＰＴＡ行事なんかより、親と一緒の時間を欲しがっていると思う。

⑩必要ない行事、意味のない会議は全部なくすべきだ。みんな、バリ忙しいけんさ。

……この辛い経験を通して、色々と成長できた。何よりも人間は「相手を理解しようとする気持ち」が大事だなぁ、と強く思う。

人間は、様々な意見がある。PTAに関しても、様々な考え方がある。それでいいと思う。そして、自分と意見が違う人と、相手の立場を尊重しながら、話し合わないといけない。うちらは、それができなかった。だから、こうなった。理解しようとする気持ちがあれば、なんとかなった。

本部役員のみんなが嫌いだったわけではない。私は、嫌われていたかもしれないけど。6人の本部だったけど、ぶつかったのは2人だった。後の3人は、私と同じようにずっと文句を言われたり、いじめられたりしていた。

めちゃくちゃぶつかったけれど、同時に、みんなを尊敬している。子どもたちのために一生懸命、働こうとしたことは間違いない。途中のフォーカスがバリずれていたけど、子どものことを考えながら活動していたと思っている。

いつかの日かまた再会して、お互い冷静に話せたらいいなぁ、と思う。今はまだ、その時じゃないけど、その日が来ることを期待している。

これからのPTAに期待したい

私は、PTA役員をやって本当によかった。日本の社会も自分自身も、より深く知ることができた。

そしてPTAのおかげで、たくさんの素敵な人たちにお会いすることができた。PTA役員を辞めても、その素敵な関係は続いている。私を応援してくれたり、話を聞いてくれた人も山ほどいる。その人たちにも深く感謝している。

けれど、めちゃくちゃトラウマになるような精神的ショックを受けた。私は完全に立ち直ったけれど、きっと立ち直れない人もたくさんいるだろう。

一人もトラウマにならないようなPTA組織になることを期待して、私の体験を掲載させていただいた。そんな日が来るよう、小さな一歩から頑張ろう。

日本の、食事に対する姿勢がバリバリ好き！

日本に来た22年前、食事に対して譲れないスタンスがあった。それは海から来たものは食べん、ということ。海から離れた田舎町で育ったアンちゃんは、それまで魚料理をほとんど食べなかった。においも苦手だった。時間がたつにつれ、いろいろ食べるようになった。ノリや焼きザケなどを好きになった。けど好き嫌いは半端なかった。生魚、シシャモ、貝類…。考えるだけで嫌だった。

2年くらい前のある日、決心した。何でも食べる人間になりたい。好き嫌いをなくしたい。今までどんだけ私はいろんな人に迷惑を掛けた？ホームパーティーに行くたびに「これと、これと、これは食べられなくて、申し訳ない！」と言わないかんかった。43歳のアンちゃんはなぜか、急に変わろうとした。

イワシのフライとアサリのバター焼き。どっちもおいしかった。

決心してすぐ、出張のため東京に行った。出版社の人が「アンちゃん、嫌いなものはあるの？」と聞いた。私は生まれて初めて「いや、何でも食べられますよ」と答えた。そしたら、海鮮料理店に連れて行かれた。神様は面白いなぁ！　海鮮丼が出てきて、勇気を出して食べた。意外とおいしくて、泣きそうになった。「アンちゃん、成長したやん！」と自分を褒めた。その後、食べたことがないものを次々に食べた。全てが大好きなわけじゃないけど、何でも食べられる人間になった。

アメリカ人と比べれば、日本人の好き嫌いはバリバリ少ない。ちなみに英語で好き嫌いがある人は「picky eater」。食べることに神経質な人、という意味で、どちらかというと否定的だけど軽い感じで使う。

給食のおかげだと思うけど、多くの日本人は小さい頃から出されたものを感謝しながらいただく。こういう、日本人の食事に対する姿勢がバリバリ好き。その影響を受けて、アンちゃんは43歳にして変われた。自分の子どもにも教えていきたいと思う。末っ子はママみたいに魚が苦手なんやけど、43歳までに食べられるようになりますように！

Q&Anneちゃん

アンちゃんの一番好きな食べ物はなんですか？

ピーナッツバターが死ぬほど好き。日本では、あまり種類がないからアメリカに戻る度にピーナッツバター巡りをする。色んなスーパーに行って、一番美味しいのを探す。そして、大量のピーナッツバターを日本に持って帰る。ある日、空港の保安検査で止められた。ピーナッツバターを持ち込める量をオーバーしていた。そして、目の前で愛するピーナッツバターは捨てられた。ぴえん。

和製英語は立派な日本語

数年前、近所の歩道橋にバリ大きな横断幕が掛けられた。よく見るととても面白い文章が書かれていた。「～曜日はノーマイカーデーです」。この文章は言語学者の私にとって、クリスマスプレゼントみたいにうれしいものだった。漢字とひらがな、カタカナ、和製英語が、一つの文章に入っている！

「マイ」がつく日本語表現はほとんど和製英語。マイペース、マイカー、マイホーム、マイブームなど、魅力あふれる表現がたくさんある。

私はずっと「マイ」イコール「私の」だと思っていたけど、ある日、和製英語に関する論文を読んでいて、それは違うことに気付いた。「マイカーで行く？」と聞かれたとき、文脈が分からないと誰の車で行くか分からんやろう？私の車？あなたの車？奥さんの車？可能性は無限にある。和製英語の「マイ」は、「私の」よりも「自分の」に近いと思う。

マイカーの前でマイペースにマイカップを持ってみた。

英語に訳すと「one's own」になるバイ。

じゃあなぜ「私の」「自分の」があるのに、わざわざ新しい単語「マイ」を作る必要があった？ 私が思うに、謙虚さを大事にする日本の文化では、「私の」「自分の」は少しわがままなニュアンスになる。一方「マイ」はそのニュアンスはなく軽い。つまり、和製英語だと柔らかくなる。「自分の家を買いたい」よりも『マイホームを買いたい」と言った方が謙虚で、おまけにしゃれとんしゃあ！

「ノー」も面白いバイ。ノーメーク、ノープラン、ノーアウト、ノーマイカーデーなど、分かりやすくすてきな和製英語がたくさんある。英語では何かを否定する方法は山ほどある。それらを日本語で表現しようと思ったとき、おそらく誰かが「ノーを付けたら何でも否定になる！」と考えたのかも。

英語の「NO！」という強い否定が苦手な日本人は、その単語を自分の文化に合わせた。そう考えると、日本の文化から生まれた和製英語は、やっぱり英語じゃなく立派な日本語だ！

Q & Anneちゃん

好きな「マイ」が付いている和製英語は？

私は、看護学校で英語を教えている。コロナ禍で、生徒たちはみんな、自分のベルト付きの消毒液を持ち運ぶ。これは正式に単語になっているか、ようわからんけど、私はこれを「マイ消毒」を名付けた。よかろう⁉ 流行らせよう！

「印鑑」と「はんこ」の違いって知っとう？

私はずっと「印鑑」と「はんこ」は同じものだと思っていた。先日、ある友達がその違いを教えてくれた。ざっくり言うと、はんこはモノで、印鑑ははんこを押した後、紙に写し取られた「しるし」だという。言葉が大好きなアンちゃんは、その話を聞いて興奮でしばらくわくわくした。

多くの外国人は手書きのサインに慣れていて、日本の印鑑制度を不思議に思っている。確かに、サインの方が便利だ。だって、はんこを持っていくのを忘れたら、大事な手続きができなくなる。

それより大変なのは、はんこをなくすことだ。例えば、銀行関係の書類を書き直さないといけない。私ははんこをなくしたことはないけど、使い過ぎてゴムが取れたことがある。

「アンちゃん、嫌い！」と言った大樹くん（左）も今や20代前半。

友達が「アンちゃん、立派なはんこを作らないかん。あのアイスキャンディーの棒みたいなやつはいかん！」と延々と言っているけど、まだ作っていない。私はオールマイティーなはんこを一本しか持っていない。立派なはんこを作ったほうがいいかもしれないけど、いろんな書類の手続きをやり直すことがバリ面倒くさい。だから９８０円のやつでよかろう？

多くの外国人は、多分はんこで悩む。アルファベットで作る？カタカナ？下の名前だけでもいい？組織によって規則が違うから混乱する。例えば、ある会社では「アン」でよかったけど、他では「クレシーニ」じゃないと駄目だと言われた。そして、名字がバリ長い外国人はかわいそう。私が調べたところ、カタカナで25字入るはんこがある。ただ「田中」さんみたいに１００円ショップでは、おそらく買えんバイ！

はんこは不便で不思議だけど、日本の独特な文化やけん好き。外国人の私は日本人によく言われる。「おー、はんこを持ってるんだ！」。いつも笑いたくなる。はんこなしで、日本で生活できるわけないやん！

Q & Anneちゃん

いつから「アンちゃん」と呼ばれるようになった？

大学院生の時に、日本人家族と出会った。ある日、２歳の大樹くんの面倒を見ていた。大樹くんは、ちょっと態度が悪かったから私が注意した時に、顔を枕にうずめて、「アンちゃん、嫌い！」と可愛く言った。その日、「アンちゃん」が生まれた！大樹くん、ありがとう！

万能日本語バンザイ！

ある日、SNS（会員制交流サイト）で日本人の友達に英語のクイズを出した。「フライ返しは、英語で何というと思いますか」。いろんな答えがあった中で、一番気に入ったのは「あれはフライ返しって言うと？僕は『炒めるやつ』とずっと呼びよった」だった。ウケた！ちなみにフライ返しは英語でspatulaという。

私が好きな万能な日本語が二つある。それは「やつ」と「なんとか」。先日、友達に「あなたは『なんとか』を使い過ぎ。せめてテレビに出るときには使わんで！」と言われた。確かに「やつ」や「なんとか」をテレビで言った記憶はあるけど、おそらく「なんとかのやつ」は言ったことがない。

まぁ確かに「なんとか」と「やつ」を使い過ぎることはよくない。大

「炒めるやつ」で「ウインナーのなんとか」を作ってみる。

人になっても、物の名前をちゃんと言えない恐れがある。全ての名詞を「なんとかのやつ」にすると、語彙（ごい）力はかなり落ちるバイ。

英語でも「やつ」に似た単語がある。それは thingy。「やつ」と同じように便利だけど、日本語ほど使わない気がする。完全に日本語の世界に入ったアンちゃんは、これから英語を話すとき thingy をたくさん言ってしまいそう…。

「なんとか」は英語では something という。私はＰＴＡ本部の役員になって、会議や研修が多くてよく分からなくなり「来週ＰＴＡのなんとかがある」みたいな文章が、よく口から出ている。ちゃんと言葉を使った方がいいと分かっているけど、「ＰＴＡのなんとか」としか言えない。でもその「ＰＴＡのなんとか」にちゃんと出ていて、いろいろ分かるようになるけん、それでもよかろう？

そうそう、「いろいろ」も大好き。私の好きな日本語のベストテンに入っているかもしれない。来週は「いろいろ」について、いろいろ書くバイ。お楽しみに！

Q＆Anneちゃん

好きな方言はありますか？

博多弁の全てが好きだけど、関西弁の「知らんけど」も大好きだ。親友のマキコは京都人だから今、関西弁修業中だ。ある日、一緒に東京に行った。本願寺で友達に会う約束してたからタクシーで行った。タクシーの運転手に「正門でよろしいですか」と聞かれて、私は自信満々で「はい、知らんけど」と答えた。すると隣にいるマキコが「そこで知らんけど使ったらダメやん！ どこ行ったらいいかわからへん！」と言った。あ、そうか。日本語は難しいなぁ。

いろいろあるけど、なんとかなるさ

　私がどれだけ日本語を好きか、おそらく誰もが知っている。響きがすてきな日本語、漢字がバリかっこいい日本語。今回は私にとって大きな意味がある二つの単語について書くバイ！

　まず「いろいろ」。これは最高に便利な単語だ。「今日は何をする？」「いろいろ」。「ママ、今日の晩ご飯は何？」「いろいろ」。何かが、はっきり決まっていないときや、説明が面倒くさいとき、最高に良い日本語だ。英語での「いろいろ」は、various，lots などいろいろあるけど、日本語の「いろいろ」の一番の魅力は、形容詞でも名詞でも使えることだ。

　私が最も気になる「いろいろ」の入った表現は「いろいろあった」だ。日本人はこの表現をすごく使う気がする。何か望ましくないことがあっ

「なんとかなるさ」と思っていれば明日があるさ。

て、うまくいかなかったときなど。英語で似たような表現が見当たらないのは、もしかしたら、何でもさらけ出すアメリカ人は、その良くないエピソードを誰にでも話すからかも。一方、日本人は必要以上の情報を言いたくないのかもしれない。「いろいろあった」と言われたら、相手はそれ以上聞かんやろ？

「いろいろ」も好きだけど、私の一番好きな日本語は間違いなく「なんとかなるさ」だ。英語では「something will work out」という。これは真面目なアンちゃんの座右の銘だ。これまで数え切れないほどの試練があった。でも、すべて乗り越えられたけん、これからも何でも乗り越えられると信じている。なんとかならんということは、まずない。

人生はいろいろある。人間、誰でもいろんな試練がある。私は日本人になりかけているけど、試練に関しては「いろいろあった」と言わないで、アメリカ人らしくバリバリ自分をさらけ出す。そうすると、みんなは私を見て「やっぱりいろいろあるけど、なんとかなるさ」と思うようになるかもしれない！

Q&Anneちゃん

日本人のあいまいな表現で困ったことは？

えーと、それはちょっと難しいですが……と言われたとき、英語っぽく考えた。That's difficult だけど、まぁ、頑張れば、なんとかなるさ！って感じ。日本に来て 15 年経った頃に、やっと「それはちょっと難しい……」イコール「無理無理まじで！」ということに気づいた。

日本で呼び捨ては嫌がられる

アメリカで大学院生だったとき、すごく面白いことがあった。私は大学内にある語学学校でアシスタントのアルバイトをしていた。学校には日本の留学生がたくさんいて、そこに日本の大学の教授も英語を勉強しにきた。つまり、日本の大学教授と大学生がアメリカでクラスメートになった。学生は教授をどう呼んだと思う？　これは上下関係を大事にする日本人にとって、最強のジレンマだ。

結局、学生は授業外で「山田先生」と呼んだけど、授業中は「まさとし」と呼んだ。学生も教授も「郷に入れば郷に従え」を考えながら生活した。アメリカではクラスメート同士が下の名前で呼び合うことは普通だ。

日本の呼び名はバリ複雑。「〜くん」「〜ちゃん」「〜さん」「〜先生」「〜先輩」など、数え切れないほど呼び名がある。そして、数え切れないほ

学生や生徒には「アン先生」と呼ばれている。

ど呼び名の禁止もある。先生を下の名前で呼ぶことや、自分の子どもについて話しているとき「くん」を付けること。多分、一番人を嫌がらせるのは呼び捨てだ。

アメリカでは、呼び捨ては普通。地域によって違うけど、多くの人は知らない人、会ったばかりの人、上司でも下の名前で呼ぶ。日本では社長を「太郎」と読んだらクビになるかも！ けど、アンちゃんの名字は日本人には発音が難しいけん、学生には下の名前で呼んでほしい。

そうそう、たまに読者に「なぜ自分のことを『アンちゃん』って呼ぶと？」と聞かれる。呼び名の決まりがある日本では、違和感を持つ人もいる。申し訳ない！ 私は日本語では自分のことを「〜ちゃん」と呼ばないということは分かっている。ただ、私が日本語を話しているときのアイデンティティーは「アンちゃん」と考えている。「アン」だけになると、アメリカと英語の世界に戻っちゃったって感じ。ちなみに、日本語では兄のことも「あんちゃん」というから、私の名前はバリ覚えやすい。兄ちゃん、ありがとう！

Q & Anneちゃん

アメリカには、呼び名とか愛称はありますか。

日本ほど呼び名がないなぁ。たまにニックネームがある。例えば、Michael は、Mikey とか、Richard は Rich 。 愛称もある。私は、未だに家族にＡＢＧと呼ばれている。意味は、Annie Baby Girl です。47 歳になってもベビーだ、面白いね。そして、夫婦はお互いへの呼び名が多い。Honey , darling , sweetie , baby , love …山ほどある。名前で全く呼ばない夫婦もいる。

私の愛するソファが死んだ！

5年前、仕事のために1年間アメリカに行った。日本にいない間、友達が定期的に、家の窓を開けたり庭の草取りをしたりしてくれた。そうすると日本に帰国後、すぐ快適に住めると思っていた。たまにその友達から報告があった。「大丈夫よ！ 家はきれいにしているけん、心配せんでいいよ」。安心した。

けど6月のある日、恐ろしい報告があった。「家はまああいいけど、あなたの緑色のソファはかなりヤバイ」。ちょっと待って。私は緑色のソファを持っていない。いろいろ聞いた結果、私の大好きなベージュ色のソファが、カビに襲われて奇妙な緑色に変わったようだった。友達が行けなかった2週間ぐらいの間に、私の愛するソファが死んだ。その理由は、日本のバリバリ強い梅雨のせいだった。

晴れた空にバンザイ！

私はかなり暑いアメリカの南部で育ったから、半端ない日本の暑さも我慢できる。問題は「湿度」だ。アメリカの家にはほとんど乾燥機があるから、雨が降っても湿度が高くなっても平気だ。けど日本では、6月になると全国の日本人と同じように、私も雨と戦う。1ヵ月くらい必死に祈る。「一日でも晴れてほしい！ どうしても洗濯物を干したい！ 神様、頼むから！」

乾燥機のない生活にも、日本の梅雨にも慣れてきたけど、アメリカに行くたび、乾燥機から出したばかりの洋服をハグするバイ。その温かさと柔軟剤の香りより良いものは、この世にないかも。

アメリカには梅雨みたいな季節はなくても、一応単語はある。それは「rainy season」。ちなみに、なぜ梅雨というか分かる？ いろんな説があるけど、梅雨と言う単語は中国から入ってきたらしい。元々の漢字は、カビが生えやすい時季だったから黴雨（ばいう）。誰かが「『カビの雨』はバリ気持ち悪い！ 漢字を変えよう」みたいなことを思ったのかな。私は「黴雨」の方が適切だと思う。きっと私のソファは共感できるはず！

Q&Anneちゃん

日本人の、家の中では靴を脱ぐ文化に戸惑いは？

私のマイホームでも、もちろん靴を脱ぐ。最初は忘れ物を取りに戻った時、たまに靴のままハイハイで入る事もあったけど、今は絶対にしない。やけん、今ではアメリカにいる時、靴のままで上がった時の罪悪感が半端ない。

「おなか」が痛いのは、「胃？」と「腸？」一体どっち？

この間、友達が「バリおなかが痛い」と言った。最近、彼女はおなかがよく痛くなるけん、私は「胃カメラの検査をした方がいいよ」と提案した。そしたら彼女は「違うよ、胃じゃなくて腸だよ」と答えた。

ちょっと待って。お腹って胃じゃないの？　腸？「おなかがすいた」と言うとき、腸を指しているわけじゃなかろう？　20年近く日本に住んでいるけど、ずっと「おなか」＝「胃」だと思ってきた。辞書で「おなか」を調べると、英語の stomach が出てくる。stomach は胃だ。誰か、このわけわからん状況を説明して！

言葉のプロに聞いてみた。食べ物関係の痛みは「おなかが痛い」といい、腸を指す。緊張しているときには「胃が痛い」と言う。英語ではどっちも「My stomach hurts.」。そして、そのプロは「おなかがすいた」

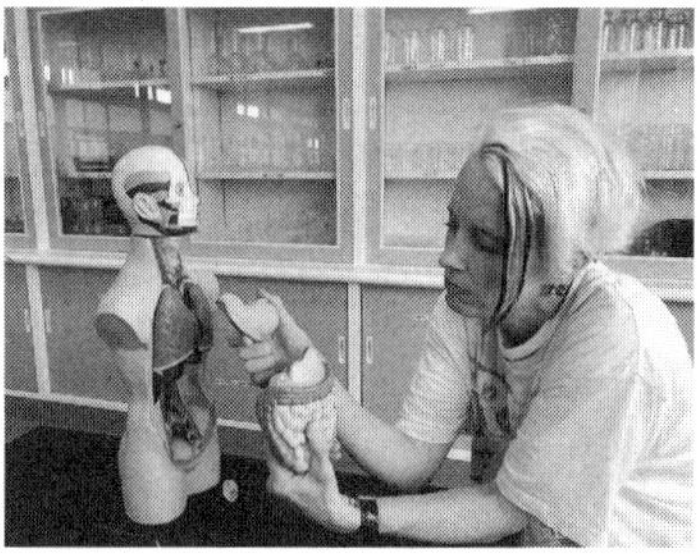

「おなか」は胃？ 腸？

は、いつも胃を指していると言った。良かった。腸の意味だったら「言語ショック」で気絶していたかも。
「おなかがすいた」は「腹が減った」ともいう。もしかしたら胃と腹は同じかもしれない。だってデザートを食べるとき、みんな「別腹」というからさ。でも、盲腸のときや走った後に「横腹が痛い」という。やっぱり胃と腹は全く一緒じゃない。難しいなぁ。

　結論は、日本の単語が多いということ。友達のおなかの痛みは収まったけん、大腸カメラも胃カメラも必要なかった。ちなみに、日本では胃カメラは普通に人間ドックに入っているけど、アメリカ人はよっぽど大きな痛みがない限りのまない。胃の検査で不思議なのはバリウムだ。バリウムを飲んだら体操選手みたいに動くことが必要だ。「横になって！45度左に回ってから息を止めて！」みたいな指示をされた。日本語が分からない人は、この検査は難しいやん、と思った。

　今日、牛には胃が四つあると友達に教えてもらった。日本の牛は、おなかの痛みや空腹を説明することが大変やん。かわいそう！

Q&Anneちゃん

日本人が好きな薄い霜降り牛肉、アメリカでも人気？

アメリカの牛肉事情はよくわからないけれど、鍋用の薄切りはなかなか見つからん。一回、スーパーで「薄く切ってください！」と頼んだけれど、全然薄くなかった（笑）。アメリカでは、薄切り牛肉を使った料理は、あまりしないからさ。

会議と打ち合わせは違うと？

先日、ＰＴＡの会議があった。終わるころ「来月、第３回の本部役員会を行います」という報告があった。私は声を出して笑った。「第３回？３月から、少なくとも10回は集まったんじゃない？」と聞いた。答えは「今日は役員会じゃなくて、打ち合わせ。その前は、顔合わせだった」。もう一回声を出して笑った。どれだけ日本語は会議用語があると？また素晴らしい言葉の発見だ！

調べたら、いろいろ分かってきた。おおまかにいうと、最初に集まる時の会議は「顔合わせ」だ。次の会議やイベントについて話す会議は「打ち合わせ」。偉い人だけが集まる会議は「役員会」で、「飲み会」は会社で話せないことについて話す会議だ。子どもの先生との会議は「懇談会」だけど、家で先生と話す事は「家庭訪問」。そして最近、バリしゃれとる「ミーティング」がはやりよる。私のイメージでは、ミーティングは

テレビ出演の前には
「打ち合わせ」をする。

打ち合わせに近い。アンちゃんが思う大事な順番は、①顔合わせ ②打ち合わせ ③ミーティング ④会議 ⑤役員会─かな。でもやっぱり、楽しい飲み会が一番だ！

英語では、こういう集まりはほとんどmeetingという。私は20年近く日本に住んでいるけん、アメリカのやり方ははっきり分からないけど、日本ほど会議が多くないに違いない。会議についてよく考えたら、バリ面白い。顔合わせを企画するために打ち合わせが必要だ。そして、委員会を計画するための役員会を開かないかん。

なのに、多くのことは会議の前に決まっている。日本独特の「根回し」。何となく会議の前にいろんな人が何かを決めて、それを会議でみんなに提案する。みんなは暗黙の了解で、実際には決まっていることが分かっているけん、話し合いより報告会みたいな感じになるやろう？ だったら、そんなに会議が多くなくてもよかろう？

とにかく日本に長く住めば住むほど、会議用語は増えていく。でも、やっぱりどう考えても、全部meetingだ。

Q&Anneちゃん

日本人はなんでも検討……英語で「検討する」は？

そうやね（笑）、検討する必要があるかどうか、検討する！ みたいな感じ。英語で「検討」を表す言い方は山ほどある。consideration , examination , discussion , investigation , study , analysis …多すぎる‼「検討しよう」は" Let's think about it. "" Let's talk about it later. " という。

「ググって」「タピって」「スタンバっとくけん！」

去年、たまたま天神でテレビ局の街頭インタビューを受けて「タピる、って分かりますか」と聞かれた。言葉遊びが大好きな私はいろいろ想像したけど、残念ながら出てこなかった。「タピる」は「タピオカを飲む」という意味だそうだ。なるほど！私はタピオカはあまり好きじゃないけど、「タピる」みたいな単語を作る日本人が、好きすぎてたまらん！

毎日、日本人の想像力に感動する。和製英語をはじめどんどん言葉を作っている。こういう新しい言葉を気にいらん人がいるけど、言葉の使用権はそれぞれの市民にあると思うけん、私はこのバリウケる新語が大好きだ。

例えば、日本語の「する」をカタカナの名詞に付けること。「メモる」「コピる」「スタンバる」。けどいつも「する」とは限らないのが面白い。

抹茶タピオカを
「タピって」みた。

「タクる」はタクシーに「乗る」▽「スタバる」はスターバックスに「行く」▽「ピザる」はピザを『食べる』―という意味があるらしい。外来語に「る」を付けることは普通にあるけど、和語に付けることはあまりない。「寿司（すし）る」（寿司を食べる）「お茶る」（お茶を飲む）などは聞いたことがなかろう？

去年、女子中高生の流行語大賞に選ばれた「タピる」に戻ろう。なぜこのバリ面白い単語が生まれたと思う？　日本はタピオカブームだからさ。言葉と文化はいつもつながっている。しゃれとる日本人がタピオカに全然興味がなかったら、「タピる」という単語は生まれないし、タピオカに対しての気持ちが冷めたら、「タピる」は日本語から消えるかもしれない。それは生きている言葉の魅力だ。単語はいつも現れては消えるけん、言葉の勉強は毎日楽しい。

私も「タピる」みたいな単語を作りたいなぁ。チョコレートが大好きやけん「チョコる」がいいね!!　だって「チョコレートを食べる」という表現は長すぎる。「チョコる」を全国にはやらせよう！

Q&Anneちゃん

アンちゃんが、他に「る」を付けたくなる単語は？

コロナ禍になってから、英語のオンライン授業のために「ズーム」を使っているけん、「ズムる」という単語があったらいいなぁ、といつも思う。「ズムろう！」「ズムりたい」「ズムらないかん！」「ズムらざるを得ない！」…良かろう⁉

一生分のお尻を1日で見た

先日、人生で初めて博多祇園山笠の追い山を見に行った。福岡に来てから、17年にもなるけん、一度生で見たいなぁと思った。けどさ、周りの福岡生まれの友達はほとんど行ったことがないと言った。「山笠ってテレビで見るもんやろう?」と言われた。

でもさ、テレビでは雰囲気を感じることができない。やけん、14日夜、友達と最終電車に乗って、田舎から都会に行ったバイ。3時間くらい町をぶらぶらした。焼き鳥屋さんでビールを飲んだり、おつまみを食べたりした。夜中に食べることは体に悪いけど、追い山前の雰囲気は最高やった。

初の山笠で三つの大事なことに気付いた。まず、この世にいろんなお尻があることだ。こんなにたくさんのお尻を見たことがなかった。文化の違いは不思議だ。日本人は笑うとき恥ずかしそうに口を手で隠すけ

博多祇園山笠の追い山は最高やった。

ど、温泉では普通に裸になるし、山笠ではお尻を隠さない。アメリカ人は大胆に爆笑するけど、みんなの前で裸になりたくない。何が普通なのか、恥ずかしいのかは文化によって変わってくる。面白すぎる。

次に気付いたことは、日本のコミュニティー精神は半端ないことだ。各地域が一致団結して、力の限りすてきな山笠になるように頑張っていた。私は、このコミュニティー精神はずっと前から素晴らしいと思っていたけど、山笠を見ている間、改めて感動した。

最後に、日本人はどんなに外国に憧れていても、日本文化を大事にするということだ。多くの日本人は外国の食べ物、映画、洋服などが好きみたいだけど、山笠に参加している小学生を見たとき、日本の伝統的な文化は外国の文化に取り換えられることはないと思った。それぞれの内面に日本文化が根付いていることがはっきり分かった。

私はバリバリ寝不足になったけど、寝不足になる価値があった。山笠ではたくさんの立派なお尻を見たけど、それより見えてきたことは、日本の心だった。その心を見るために、喜んで寝不足になるバイ。

Q & Anneちゃん

宗像にもお祭りはありますか？

宗像は、たくさんお祭りがあるバイ！ 特に有名なのは 10 月 1 日に行われる「みあれ祭」だ。沖ノ島・沖津宮（おきつぐう）の田心姫神（たごりひめのかみ）さまと大島・中津宮（なかつぐう）の湍津姫神（たぎつひめのかみ）さまの御神体を、年に一度、宗像大社にお迎えし、五穀豊穣や豊漁に感謝する神事だそう。神輿を乗せた船を先頭に 100 隻以上の大船団が海上を埋め尽くす姿は圧巻だ。他に、赤間宿まつりもバリ有名。

日本の心を教えてくれる「しきたり」

日本の文化を勉強すればするほど、どれだけ分からないことがあるのかということに気付く。けど、それはがっかりすることじゃない。分からないことがあるから成長できるバイ！ 全てが分かるなら、成長するチャンスがない。成長しない人生はつまらない。

この間、私のことをよく理解してくれている友人から、日本の「しきたり」についての本をもらった。本を読む時間が笑えるくらいないけど、早速読み始めた。本にはほとんど知らないことが書いてあった。もともとお年玉はお餅だったとか、「お土産」という言葉は旅先の「土地」の「産物」から来たとか。その中で一番気に入ったのは、家にお呼ばれしたときの礼儀。家に入る前にコートを脱ぐ。マジで？ 日本の冬は寒すぎるけん、私は24時間コートを着ている。行儀が悪いアンちゃんだ！

靴をそろえるときは斜めに座る。

よし！すぐ直すぞ。

そして、家への入り方。玄関で「おじゃまします」と言い、家に上がるとき、靴をそろえる。ただ、相手にお尻を向けてはいけないので、靴をそろえるときには斜めに座った方が良い。これまで何回相手は私のお尻を見ないかんかったかな。マジ申し訳ない。これも直すぞ！

これらのしきたりで気付いたのは、私がいつも語っている「言葉と文化のリンク（関係）」だ。家への入り方を家族に英語で説明しようとしたけど、全然できなかった。そもそもアメリカの家には日本のような玄関がないけん、「上がる」という表現もないし靴を脱ぐ習慣もない。だから靴をそろえる話も、お尻の角度の話もできなかった。言語学の修士を持っているアンちゃんが、話の最初から最後まで幼児みたいにカミカミだった。母国語の英語でこんなに困ったことはなかった。けど、それもがっかりすることじゃないバイ！改めて言葉と文化のリンクを確認できたし、この記事を書くこともできた。日本の文化の奥深い所にちょっと近づいたような気がする。やけん、カミカミ英語に万歳！

Q&Anneちゃん

上座、下座のしきたりも戸惑ったのでは？

飲み会に行くと、どこに座ったらいいか、ようわからんで困る。でも日本人もようわからんみたいで、少し安心する。だから結局、みんなが座るまでバリ時間がかかる。複雑な文化だな、とその時いつも思う。アメリカは上下関係に気を使わない文化やけん、日本人はルーズすぎて失礼と思うかもだけど、人間関係はかなり楽だ。

「田舎」って一体どこなん？

２００３年の春、北九州市立大の国際環境工学部に採用された。私はアメリカにいたけん、北九州に住んでいる友達に「大学を下見してくれる？どんな所か知りたいけんさ」と頼んだ。早速「バリバリ田舎やん。びっくり」みたいな返事が来た。そうか。しばらく田舎に暮らさないかん。私は田舎生まれ、田舎育ちやけん、よかろう？

大学に行ってすぐ大事なことに気付いた。それは、日本人とアメリカ人の「田舎」の概念が違うことだ。私は本格的なアメリカの田舎で育った。人口は７０００人しかいないし、牛や羊なんかを普通に見る。職場から家まで５分しかかからん。ラッシュのときでも６分だ。英語がなまりすぎて、都会の大学に行ったとき周りの人に「アンちゃん、なんか話して！かわいいなまりを聞きたい」と頼まれた。

そういう田舎のイメージを持って北九州に来たら、全然田舎って感じ

宗像周辺は田舎といってもかなりおしゃれバイ！

じゃなくてびっくりした。スーパーも近くにあったし、ショッピングモールもあった。牛も羊も見かけなかった。私はその日、面白いことに気付いた。大学を下見してくれた友達の考えでは、田舎とは「駅が近くにない所」だった。駅までバスで20分もかかるし、バスの本数も少ない。
　私が住んでいる宗像は、多くの人に田舎だと思われている。確かに、住んでいる人の考え方はのんびりしている気がするし、牛はあまり見ないけど、タヌキは見ることがある。けどアメリカの田舎の人は、宗像を田舎だと思わないと思う。だって、人口は約10万人だし、しゃれとるコストコやＩＫＥＡにだって、30分で行ける。アメリカの田舎の定義に当てはまらない。やっぱり、ある言葉が持つ概念は、人によって、文化によって変わってくる。
　それと「田舎」でもう一つ発見があった。北九州の友達が東京に引っ越したとき「あなたの田舎はどこ」と聞かれた。それは「あなたの故郷はどこ」という意味だって、知らなかった。確かに、東京の人から見ると東京以外は全部田舎かも！

Q&Anneちゃん

アンちゃんの故郷の方言を教えて！

Y'all ＝皆さん　How y'all doin'? ＝やぁ！ みんな元気？

Supper ＝夕食　Fixin' ＝何々をしようとしている

Holler ＝声をかけて、教えて

" Hey y'all ！ How y'all doin'? I'm fixin'to make supper but holler at me when you're ready to go . "

＝やぁ！ 皆さん、元気？ 私は、夕食を作ろうとしているけど、準備ができたら、声をかけてね！

都会と仲直りした

私はずっと東京と仲が悪かったけど、この2年間で仲直りした。それ以前、田舎者のアンちゃんは東京に行くたびに子どもみたいに不安でいっぱいになった。ある日、羽田空港から品川に行きたかったけど、なぜか横浜まで行っちゃった。バリ混んでいる電車に乗ることに慣れていなくて、でかいリュックによっておそらく数人にけがをさせた。そして電車の路線図が複雑すぎて、めまいで倒れそうになった。誰か、助けて！大きな路線といえば鹿児島本線くらいしかない福岡に帰りたくてたまらなかった。

私の兄家族は3年間東京に住んでいた。その間、私は小さい子ども3人とよく遊びに行った。兄の家を朝早く出て、人混みの中、でかいベビーカーを押して子どもたちと一日中過ごした。毎日へとへとになって、ぐっすり眠った。人が多すぎるし、標準語に慣れない。お兄ちゃんが大好き

東京のテレビ局におじゃました。

だけど、早く福岡に帰りたいと思っていた。

お兄ちゃんファミリーが帰国した後、7年間東京に行かなかった。東京だけじゃなくて、福岡市にもあまり行かなかった。田舎が快適だったけん「行かんでよかろう?」と思った。けど2年前、新聞やテレビの活動を始めた。あっという間に、東京や福岡に行く回数がバリ増えた。

不安は半端なかった。電車が分からん！人が多い！特に外国人が多い！最初は全然落ち着かなかった。けど1年前ぐらいに、不思議なことに気付いた。都会は便利だ。おいしいレストランもしゃれとる店もたくさんある。やっぱり、たまに都会はいいわ。東京も福岡も大好きになった。たまに行くことはバリ楽しい。

東京からの帰り、鹿児島本線に乗って、のどかな地元の宗像に戻った。都会の刺激を受けて良かったなぁ、また近いうちに行きたいなぁと思った。けどやっぱり、アンちゃんの居場所は田舎なんだ。都会の東京は楽しいけど、残りの人生を、博多弁を聞きながらタヌキがいる田舎で過ごしたい。

Q&Anneちゃん

東京のどのエリアが好き？

原宿！ 原宿が死ぬほど好き。東京に行く度に原宿に行って、そしてそこで面白い日本語が書かれているTシャツや新しいアクセサリーを買う。渋谷の松濤も好き。おしゃれ感が半端ない。夢の一つが、松濤でワンルームマンションを借りることだ。けどさ、福岡を忘れることはないバイ！ ご心配なく！

人間を成長させる「反省」

以前このコーナーで、日本にはいろんな会議があると書いたけど、一番不思議なのは「反省会」だ。「反省」は奥が深い単語だ。私は長い間、この単語はネガティブな意味しかないと思っていた。「後悔」と「反省」は同じじゃない？　日本人はずっと反省しよるけん、もうちょっと前向きになった方がよくない？と思っていた。

英語には「反省」にぴったり当てはまる単語がない。reflection やcontemplation があるけど、哲学的なニュアンスが強い。アメリカでもビジネスの世界で反省会みたいなものがあるらしいけど、postmortem（検視）というぐらいだから、きっと真面目な会議だし、ビジネス以外ではなじみがない。日本の反省会は、たぶん誰もが参加したことがある。

最近、いろいろあったおかげで、どれだけ反省が大事かやっと分かってきた。後悔と反省は同じじゃない。後悔は、悔しくてたまらないもの

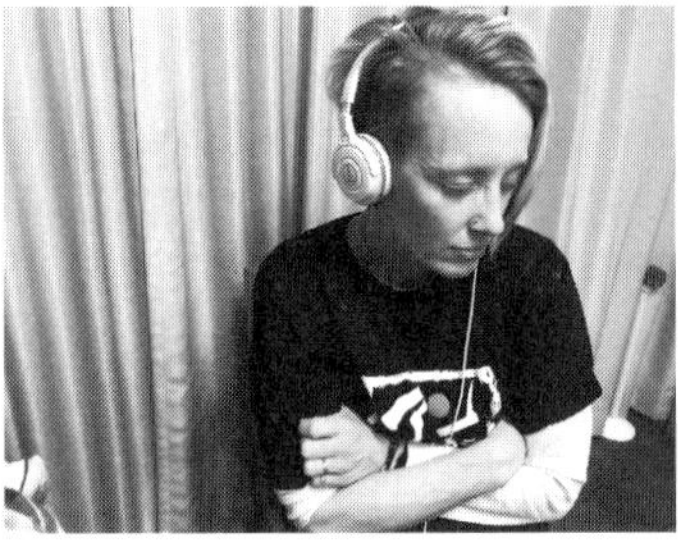

「トイレの神様」という曲は亡くなった祖母への思いを歌っているのに、意味を分からず「変な歌」と思っていたことを反省している。

だ。「ああすればよかった」みたいに。けど反省は「ああすればよかった。やけん今度、そのようにする。結果は絶対に良くなるバイ！」みたいな感じ。

反省の最初のステップは、謝ることだ。日本人は、とにかく謝る。一方、アメリカ人は悪いことをしたと思ってなければ、絶対に謝らない。日本では、自分のせいじゃなくても、人間関係がうまくいくために、謝る時はある。この文化の違いがわからないと、大きな誤解が起こるかもね。私の友人、Rochelle Koppさんが、「反省しないアメリカ人をあつかう方法34」という本を書いた。読みたくてたまらんやろう？

人とぶつかったら「相手が悪い」と誰もが思いがち。でも自分も反省するところがあるかどうか、心を探らないかん。私は最近、全てのことに関してそんなスタンスだ。そしてほとんどいつも、反省するところがある。最近気付いたのは、たまに「思いやり」が足りないことだ。けれど、私はがっかりしないよ！反省しているからこそ成長する。反省をそのまま英語にすればいいやん。Let's hansei！

Q & Anneちゃん

他に何か反省していることはありますか？

もうちょっと早く日本語の文章を書いてみたらよかったなぁ、とたまに思う。日本語の文章を書いている時が、私はいちばん幸せ。多くの人が知らないけれど、実は、私はブログを最初に日本語で書く。そして英語に訳す。やけん、時々英語が不自然（笑）。

何歳になっても裸足が好き！

アメリカ人のアンちゃんにとって一番の喜びは、はだしで芝生を歩くことだ。子どもの頃、家の裏庭に立派な芝生があって、夏休みの間ずっとはだしやった。子どもだけじゃなく、多くのアメリカ人は大人もはだしや芝生が好きすぎてたまらん。

日本に来てすぐ、日本人には同じような思いがないことに気付いた。多くの庭に芝生がない！　いろんな人に聞いた結果、芝生が面倒くさいということが分かった。水をあげないかんし、虫も来る。土の方が楽だそうだ。私は引っ越す時、家の中を見る前にその家を借りることに決めた。立派な芝生があったからだ。

次に気付いたのは、日本人ははだしで遊ばないことだ。ある日、子どもと公園で遊んだ。公園にいた小学生2人が、はだしのアンちゃんを見て「おっ、外人だ！　しかも、はだしだ！」と不思議そうに言った。私

芝生にはだしは最高バイ。

は思わず笑ったけど「何ではだしは駄目なん？」とずっと分からなかった。

最近やっと理由が分かった。はだしで遊んでそのまま家に上がったら、靴を履いたまま家に上がることと全く同じ感じだからさ。足を洗わないアメリカ人はきっと理解できない。確かにバリ汚いけど、最近までそんなことを一回も考えたことがなかった。

ちなみにはだしが好きなアンちゃんは、スリッパもあまり好きじゃない。もともとスリッパは、日本の家に訪問する外国人のためのものだった。けれど私は長い間、訪問する家でも病院でも学校でも、スリッパを使わなかった。靴下のままでよかろう？　スリッパは歩きにくい。

最近、もう一つ発見があった。私がスリッパを履かないと、相手を気まずくさせる。数えきれないほど「アンちゃん、スリッパ！」と言われて「いいよ。いらない！」と答えたけど、相手のために履かないかん。郷に入れば郷に従え。けどやっぱり、いつかたくさんの日本人がはだしで芝生の上を歩く喜びを経験してほしいなぁ。

Q & Anneちゃん

アンちゃんだけじゃなく、多くのアメリカ人は裸足好き？

そうそう！よくお店の入り口のところに「 Shirts and shoes required 」と書かれている貼り紙を見かける。意味は「靴を履いていない人、そして、シャツを着ていない人は、このお店に入ることができないよ！」って感じ。裸足だけじゃなくて、ノーシャツも大好きだ。日本では、あり得んよね？

「ランニングマシーン」でよかろう？

私は和製英語が好きすぎてたまらんけん、永遠に和製英語について考えよる。あなたも無意識に日常生活で使っていると思うけど、なぜこんなに和製英語が多いか考えたことがある？

日本語には、外来語がバリ多い。こんなに外来語があるのに、なぜわざわざ新しい和製英語を作る必要がある？ computer はコンピューターになっているし、camera はカメラになった。同じように、全ての外来語をカタカナにしてもよかろう？

けど、そんなに簡単なものじゃない。外国語には発音が難しい単語や、想像しにくい単語がある。例えば和製英語の「ランニングマシン」を考えよう。英語で、treadmill という。そのままカタカナにすると「トレッドミル」になる。「は？ 分からん！」と思う人は多いはず。発音も難し

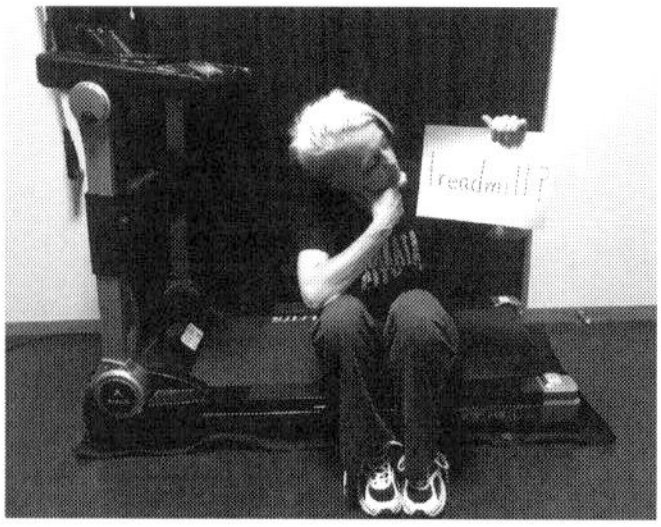

トレッドミルって言われても分からん！

いし、どういうものか想像しにくい。けど「ランニングマシン」は、おそらく日本人の誰もが簡単に発音できるし「ああ、走る機械だ！」と想像もできる。これは和製英語の魅力の一つだ。

多くの日本人は、英語に対してコンプレックスがあるけど、英語の土台ができているからこそ和製英語は存在する。すごかろう？もし「ランニング」と「マシン」の意味が分からなかったら「ランニングマシン」という単語は存在しない。多くの日本人が知っている英単語しか和製英語にはならないからさ。日本人は何となく英語が分かるから、和製英語が生まれたんだ！日本人の英語語彙（ごい）力に万歳！

逆に、日本にいる英語が分からない外国人は、和製英語に悩まされている。私みたいに英語が分かる外国人は、外来語や和製英語がすごくありがたいけど、友達の中国人の夫は和製英語が苦手だという。「ペットボトル」をどうしても「ポットベトル」と言う。かわいすぎる！和製英語は日本人同士のために日本人が作ったものだ。誇りを持って、楽しく使おう。和製英語は変な英語じゃなくて、バリ大事な日本語バイ！

Q&Anneちゃん

まったく意味不明な和製英語も多い？

ゴールデンウィーク、シルバーシートもそうだけど、コロナ関連用語の「オーバーシュート」は完全に意味不明。マジックテープ、ハンドルキーパーは、絶対にアメリカでは通じない。

Ｋｉｒｏｒｏのおかげ

私はカラオケで日本語を覚えた。日本語が全く分からなかった１９９８年、Ｋｉｒｏｒｏの歌に出合って、恋に落ちた。今もＫｉｒｏｒｏの音楽を聞くたびに、日本語や日本文化の素晴らしさを感じる。

Ｋｉｒｏｒｏが好きすぎてたまらんかったけん、月数回カラオケに行った。Ｋｉｒｏｒｏのバラードは、読み書きが苦手なアンちゃんには、スピードも歌詞もちょうど良かった。そのうち全曲を歌えるようになった。漢字を早く読めるようになったし、語彙（ごい）も増えた。けど、よう考えたら「愛」「切ない」「ずっと」「一緒に」さえ分かれば、ほとんどのＪポップは歌える気がする。日本語がうまくなって、もうちょっとノリが良い曲を歌えるようになった若いアン先生は、若い学生たちとよくカラオケに行った。自慢じゃないけど、大学祭のカラオケ大会で２回も優勝した。まぁ、ちょっと自慢かな。

Ｋｉｒｏｒｏが好きすぎてたまらん。

子どもが大きくなってからは親子で行けるようになった。それまでマイクを独り占めしていた私は、悲しいことに「アンパンマン」と「ドラえもん」に負けた。2時間でおはこぐらいしか歌えなくなった。

多くのアメリカ人は、カラオケは日本発祥だと知らないと思う。アメリカ人の友達に「日本にもカラオケがあると?」と驚かれたことがある。ちなみにカラオケは「空(から)」の「オーケストラ」から来たって知っとる? アメリカにもカラオケがあって、町のバーでは「カラオケナイト」がよくある。ビールを飲みながらステージに上がり、みんなの前で大胆に歌う。都会では日本みたいなカラオケボックスがあるけど、笑えるぐらい高いバイ!

私はよく「英語をマスターするかぎは何?」と聞かれる。世の中にはいろんな勉強法があるけど、好きなことをやりながら学ぶのが一番良いと思う。料理、スポーツ、音楽。あなたは、何が好き? 私は音楽を通して日本語をもっと上手になって、もう一回大学祭で学生に勝ちたいバイ!

Q&Anneちゃん

英語がうまくなるオススメの歌は?

日本人が好きなカーペンターズやビートルズもいいけれど、あまりにも古すぎて、この歌を歌っているアメリカ人は少ない。「これ‼」というよりも「自分が好きな曲を歌えるようになりたい!」と思える曲が一番の勉強になると思う。英語にかぎらず人間は、楽しいと思わなかったら絶対に続かない。自分の好きなことをしながら、英語を勉強したほうがいいと思う。

日本の文化から生まれた退職代行サービス

先日、最近はやっているという「退職代行サービス」のことをテレビ番組で知った。聞いたことがない人がいるかもしれんけん、説明するね！

簡単にいうと、仕事をやめたいけど、いろんな理由でなかなかやめられないとき、このサービス業者に連絡する。そして、会社に退職したいことを代わりに電話してもらう。名前の通り、退職を代行する。

最初に思ったのは「これはアメリカではあり得ない！」ということだ。いろいろ考えたり、調べたりした結果、こういう制度は日本の文化から生まれたということに気付いた。日本は元々終身雇用の文化があるけん、会社をやめることに罪悪感を持つ人がいる。そして我慢は美徳だと思っている人が多い国やけん、すぐやめたり諦めたりすると、悪く思われる心配もある。けど、おそらく一番の理由は、日本はぶつかり合い

猫には仕事も退職も無いにゃ。

を避ける文化があるということじゃないかな。退職したいことを代わりに言ってもらえると、上司とぶつからなくていい。

このサービスを利用する人の中には、ブラック企業でやめたくてもやめられないつらい人たちもいると知り合いに聞いた。けど日本でも、組織のことより自分の幸せを考える若者が増えているんだと思う。仕事が好きじゃないからやめたいという「意志」は強くなったけど「主張力」が足りない。言いづらい、言いきらん、上司は聞いてくれん、みたいなさまざまな理由で仕事をやめられない。そんな環境で、こんなサービスが生まれた。

多くのアメリカ人は、意志も主張力も強い。ぶつかることは平気だ。もちろん会社をやめることは楽じゃないけど、知らない人に言ってもらうことはまずない。主張力が強いアメリカ人のアンちゃんには正直、理解しにくい。けど現代の日本の社会では、こうしたサービスの需要が大きくなっていることは確かだ。こういうサービスを使っても使わなくても、同じように充実した仕事を求める人を応援したいバイ。

Q&Anneちゃん

英語で「過労死」ってなんていうのですか？

「過労死」を表す一つの英単語はないけど「 death by overwork 」とか「 work yourself to death 」と言っていいと思う。けど、ある英語の辞書には日本の単語「 Karoshi 」が載っている。そもそも、アメリカ人は自分の時間を大事にしていて、そして意思も強い。過労死になる前に、全員が仕事を辞めると思うから、過労死はあまり大きな問題にはなっていない。

早くラン活せないかん！

5月ごろ「ラン活」についてのテレビ番組を見た。ラン活って聞いたことがある？ ちょうど良いランドセルを必死に探すことを示す略語。リサイクルショップでランドセルを買ったアンちゃんママは、正直、ラン活の意味がよく分からなかった。なんで入学まで11カ月近くあるのに、ランドセルを買うと？ 番組の中ですぐ答えがあった。一つは増税対策、ということやった。

増税か。多くの日本人が相当嫌がっていることだ。私は、消費税について全く気にしなかった。ただ一つ面倒くさかったのは、5％から8％に上がったとき、大好きな１００円コーヒーが１０３円になったことだ。ワンコインからフォーコインになった！ でもそれ以来、消費税についてあまり考えなかった。上がる前に何かを買わないかん、という思いは一度もなかった。

「ラン活」って知っとう？
知り合いからお下がりをもらった。

なんで考えなかったんやろう？　多分、私はあまり増税を嫌がらないからだ。だってアメリカと比べれば、日本の政府からもらえるお金はめっちゃ多い。児童手当、子どもの医療費のほか、社会保険などがあるから、私の人生はかなり楽になった。アメリカと比べれば払っている税や保険料は少なく、もらっているものが多い気がする。

アメリカで消費税に当たるのはおそらくsales tax（売上税）だけど、この制度は笑えるぐらい複雑。まず、州によって税率が全然違う。同じ州内でも町や都市によって違う場合もある。物によって税率が変わることもある。例えば私の故郷、バージニア州では、食材は２・５％だけど、レストランは10％以上のところがある。

私は、州の自由は大事だと思うけど、だからこそアメリカの全体像はバリバリつかみにくい。日本の増税はきっと痛いけど、全国で統一しているけん分かりやすい。だから、ラン活みたいな増税対策ができる。私は、もうラン活せんでいいけど、増税前に「テレ活」しようかな。テレビが古くて死にそうやけん…。

Q&Anneちゃん

アンちゃんも子供にランドセルを買ってあげた？

もちろん！　長女の時に、母親に「ね、ママ！　日本ではさ、おばあちゃんがランドセルを買ってくれる！」と言ってみた。うまいやろう？　貰った１万円ではとても買えないけど、母に感謝。次女の時に、リサイクルショップで新品みたいなブランド品のランドセルを買った、よしっ‼三女の時、友達のお下がりを頂いた。３人とも感謝しながらランドセルを６年間使っていた。結局、３人分のランドセルに31,000円しか払っていない。ちなみに「ランドセル」はオランダ語の「ransel」からきた。

普通に無理って、どのくらい無理？

ある日、学生が「あれは、普通に無理やろう！」みたいな発言をした。言葉に敏感なアン先生のアンテナに引っかかった。待って、待って。「普通」は、良くもないし悪くもないという意味で、「無理」は可能性がないという意味だ。やけん「普通に無理」って、いったいどういう意味？と思った。

さっそく学生に聞いてみた。答えは「普通に無理は、無理！無理！無理！どうみても無理！まぁ、可能性はゼロでもないけど、やっぱり無理！」ということやった。（若者言葉の「フツー」は本来カタカナなんだけど、みんなめんどくさいので、変換しないひらがなの「ふつー」を使うそうです。）じゃあ「普通においしいは？」と、しつこいアン先生は聞いた。「思ったよりおいしい。食べる前に、あまりおいしいと思わなかったけど、実際食べてみたらおいしかった」と答えた。やけん「普通に無理！」と「普通においしい」の意味が全然違うらしい。しかも、どっ

「普通」が気になる。

ちもオーソドックスな「普通」の意味じゃない。若者用語に万歳！

言葉は生きているものやけん、時代によって意味が変わることは当たり前だと思う。若者が好きな「微妙」も、もともと肯定的な意味で、仏教と関係が深い言葉だった。現代では良くも悪くもないけど、若者の間ではネガティブな意味になっちゃった。「試験どうやった？」に「微妙」という答えだったら、試験に落ちた可能性がかなり高いバイ。

「普通に無理！」みたいな若者用語は、日本語に残るかどうか、誰も分からない。もし、その学生のおばあちゃんが使いだしたら、いずれ定着する可能性は高いやろう。この間、講演会で、年配の方に若者用語を教えた。「ガチでヤバイ！」と言っている60代の方は、すてきすぎてたまらんかった。ちなみに、私の好きな言葉は「普通に頑張って！」だ。いつも頑張りすぎる傾向があるアンちゃんにとって、バリ大事な言葉なんだ。人生すべてを普通に頑張りたい。もしかしたら、若者用語を理解する事は普通に無理だと思っているかもしれないけど、普通に頑張れば、理解できるようになるかも。それは、ガチでヤバイ！

Q&Anneちゃん

アメリカにも若者用語はありますか？

もちろんあるよ！ 私の好きな言葉をリストアップするね。

① No cap！（本当だ、確かに！）

② That's sus（怪しい）

③ So cringe（気持ち悪い、恥ずかしい）

④ Bussin（めっちゃ美味しい、とてもいい）

「敬語」を教えていただけないでしょうか？

私は最近バリ頑張っていることがある。それは「敬語」。日本に来て20年もたつけど、アンちゃんにとって敬語はまだ不思議なものだ。例えば「伺います」「参ります」のどっちだったっけ、と悩む。丁寧語はまあまあ使いこなせるけど、謙譲語と尊敬語を使おうとしたら、すぐ汗が出る。けどさ、私と同じ悩みを持つ日本人がたくさんいるらしい。敬語の悩みがある仲間がいらっしゃってよかった！

敬語の主な役割は、相手を敬うことだ。それは分かっていたけど、他の役割もあると気付いた。ある日、友達2人が敬語でけんかしていた。「僕の意見をずっと聞いていていただきたかったんですけど！」と一人は言った。こんなにきれいな言葉で相手を攻撃すると？と私は思った。知り合いに聞くと「敬語を使ってけんかをすると、言っていることが強くな

敬語を勉強しています。

るよ！」と教えてくれた。目からうろこやった。敬語は複雑だなぁ。

最近、もう一つ発見があった。人間関係がうまくいくように、敬語が必要なんだ。物事をストレートに言いすぎると、まずい。いつもストレートなアンちゃんは、何かの行事に行けなかったり、何かができなかったりしたら「行けない」「できない」「早く帰らないといけない」と言っていた。けれど今は「申し訳ございませんが、少し早く帰らせていただきたい」と言えるようになった。言い方を変えるだけで人間関係が良くなるって、素晴らしい！

日本ほど上下関係を大事にしないから、英語には敬語に当てはまるものがあまりない。Please や「May I ～?」を付けたら結構礼儀正しい発言になる。「Give me some water.」より「May I have some water, please？」がよっぽどいい。

日本の敬語はめっちゃ奥が深い。勉強すればするほど、分からないことが出てくる。完璧に使えるようになるまで必死に頑張るバイ。そのときは、この記事を敬語で書かせていただければ幸いです！

Q&Anneちゃん

アンちゃんの気になっている敬語がありますか。


「是非、行ってみてはいかがでしょうか」

…「是非」と言っているのに、「いかがでしょうか」をつけることはどうかな。少し違和感がある。多分、表現を丸くするためにそう言っているんじゃないかな…。

「活」まつり

この2年、私はいろんなメディア活動を頑張っている。バリ楽しいけど、一つ問題がある。それは、英語で「活動」がうまく訳せないことだ。辞書では activity や action が出てくるけど、何かおかしい。「media activity 」は言わんね。結局、当てはまる単語がなかなかないけん、文章で説明するしかない。

日本では「活動」という単語がバリ使われている。「就職活動」「PTA活動」「ボランティア活動」「音楽活動」など、毎日少なくとも5回くらい言っている気がする。なのに、英語に当てはまる単語がないのは不思議議だ。27年間アメリカに住んでいたけど、一体どうやって「活動」を使わないで生きてきたやろう。

強いて言えば、就職活動は「 job hunting 」だけど、あまり普段使わない気がする。「 to look for a job 」の方が普通に言う。去年、広辞苑に

広辞苑を読みながら
ヨーグルトで腸活中。

入った「婚活」（結婚活動）は to look for a husband（wife）」と言うかな。日本語では名詞で説明する概念を、英語では文章で訳さないかんときが多い。

最近「何とか活動」がはやりよる。けど長過ぎるけん、よく略されている。ラン活、妊活、婚活…。何かを必死に頑張ることは、とりあえず「活」を付けよう！みたいな感じ。

先日、羽田空港で「腸活」の広告を見掛けた。内臓にまで「活」用語は広がっているんだ！おそらく、大腸を良くすることだろうと思ったけど、調べた結果、腸内フローラを整えることだった。「で、フローラって何？」とあなたは聞きたくなったかもしれん。フローラは腸内細菌が群がっている状態のことで、いろんな菌のバランスが大事らしい。やけん腸活は「菌活」とも言うみたい。好きすぎてたまらん！

日本語の新語には付いていけないことが多い。けどさ、言葉は菌と同じように生きている。良い菌のように、語彙（ごい）力を増やしていきたいバイ。この活動は「語彙活」と名付けよう！

Q&Anneちゃん

好きなネット用語は？

インターネット用語では「バズる」「ググる」「バグる」「ラグる」が大好きだ。

お産は一人じゃ無理バイ！

私は北九州市にある産婦人科で娘を３人産んだ。当時の私は、まぁまぁ日本語が話せたけど、外国で妊娠するとやっぱり不安まみれになる。もともと神経質だった私は、妊娠した後さらにそうなった。大腸の病気もあって「健康な妊娠生活を送れるか」「赤ちゃんは胎内で元気に過ごせるか」と不安は半端なかった。

初めて妊婦検診をしてくれた先生はバリすてきやった。この人は信頼できるとすぐ分かったけん、数年にわたってお世話になった。お産は言われていた通り「鼻からスイカ」が出るくらい痛かったけど、どうにか無痛分娩（ぶんべん）なしで元気な赤ちゃんを産んだ。

産後の不安も半端なかった。まず、母乳がわけ分からんかった。授乳室の常連客になって、助産師さんたちが数時間かけて優しくいろいろ教えてくれた。お風呂、おむつ、抱っこの仕方なども、病院のスタッフさ

２人目の出産時、助産師さんたちと。

んたちが忍耐強く説明してくれた。退院の日、めったに泣かないアンちゃんは、バリ泣きそうになった。この人たちのおかげで、この授かった大事な命を育てられるに違いない！と思った。

その後、次女と三女が生まれ、3人とも大好きな先生が取り上げてくれた。病院の皆さんとバリ仲良くなった。英会話を教えにいったり、ホームパーティーをしたり、家族のような存在になった。けれど子供が大きくなるにつれ、会う機会も減ってきた。けどさ、長女が生まれてから14年もたったけど、クリスマスには必ず毎年みんなで集まって、パーティーをするバイ。

産婦人科のフランス料理とアロママッサージはもちろんすてきだった。アメリカではとてもあり得ないことだ。けどそれよりも大事なことは、病院の皆さんとの絆だ。不安まみれの私を励ましてくれた皆さんに深く感謝している。そのおかげで自信があるママになった。今年のクリスマス会で、その感謝の気持ちを伝えた後、次のステップ、更年期のアドバイスを聞こうかな。

Q&Anneちゃん

妊娠と産後に気づいた、文化の違いは？

まず、毎回の妊婦検診で超音波検査をすることにバリびっくりした。アメリカでは、保険の関係で普通は２回しかしない。そして、産後の大体１ヶ月、家から出ないことにもびっくりした。多くのアメリカ人は産んだ後、すぐ退院する。そして、少しの間家で休むけど、１ヶ月はないね。自分の母は、金曜日に弟を産んだ。産休を三日しかとっていなくて、火曜に復帰した。タフだ！

日本のハロウィン愛は半端ない

私は以前、日本の「いいとこ取り」を批判していた。ランダムに外国の言葉を借りたり、適当に外国の文化を取り入れたりしていると思っていた。けれど和製英語に出会ったおかげで、考えが変わった。語源は英語かもしれないけど、和製英語は、日本人のためにある日本語だ。

言葉と同じように、日本人は外国の文化をどんどん取り入れている。日本人は、ハロウィーンマニアになってしまった。9月から多くの店はハロウィーングッズまみれになり、遊園地もそうだったりする。「なんでハロウィーンにこんなにハマっているのに、4月(たまに3月)にあるイースター(キリスト教の復活祭)はあまり知られてないと?」と不思議に思った。どっちもアメリカのバリ大事なイベントだからさ。

日本人はお祭りとパーティーが大好きだけど、10月に大きなイベント

「ちゅーるをくれなきゃイタズラするにゃ」と仮装したＰＪ。

がなかった。やけん「このお祭りギャップを埋めるために、ハロウィーンを取り入れたんじゃない？」と思っている人はたくさんいるし、私もそう思っている。だって、4月はお花見や入学式があるけん、イースターを取り入れる必要はないからさ。

数年前、近所でハロウィーン祭りがあった。仮装している子どもは、家を回りながらお菓子をいっぱいもらった。それはアメリカと一緒なんやけど、留守の家もあった。その玄関前に、お菓子の籠が置いてあり「1個取ってね！」と書かれた手紙が張ってあった。私は爆笑した。だってアメリカではお菓子をもらうために「Trick or treat？」（お菓子をくれなきゃいたずらするぞ）と言わないかん。言わんと、もらえん。一番大事なところが抜けてるやん！

けどさ、ハロウィーンも英語も、もともとはアメリカのものではない。全ての国で、外国のものを取り入れて自分たちに合わせることがある。やけん、日本のハロウィーンはそれでよかろう？ただ、アンちゃんの家に来たら「Trick or treat？」と言わんと、お菓子をもらえんバイ！

Q&Anneちゃん

アンちゃんも小さい時、Trick-or-treating に行った？

そうバイ！ 12 歳まで必ず毎年行った。一番好きな仮装は、バリでかいコカコーラゼロの缶だった。空気を入れたら、私はバリ可愛かったバイ。ちなみに、一人の子供が獲得するキャンディの平均カロリーは、11,000 キロカロリーだ。やばい！ たくさんコカコーラゼロを飲まないかん！

コーラはジュース？

私はホームパーティーが大好き。ある日、パーティーに呼んだ友達が「ジュースを持って行くね」と言った。そしてファンタやポカリスエット、コーラなどを持ってきてくれた。ちょっと待って。コーラはジュースじゃなかろう？と思ったけど、その時「ジュース」はすてきな和製英語だと気付いた。

英語では、juice は果汁の意味しかない。りんごジュース、オレンジジュース、ぶどうジュースなどを示す単語だ。けれど日本でのジュースには、幅広い意味がある。スポーツドリンク、炭酸類など、全部ジュースと呼ばれる権利があるらしい。お茶だけは、さすがにジュースじゃないけど。

こういう和製英語は実に多い。一応、英語にその単語は存在するけど、

アンちゃんはジュースよりもお茶が好き。

意味が全く違う。例えば「マンション」。日本語のマンションは、高層のアパートなんだけど、英語の mansion は豪邸。トイレが七つあって、プールやジムもあって、お金持ちが住んでいるような所だ。やけん、アメリカでは「僕はマンションに住んでいるよ」と言ったら、周りの人は遊びに行きたがるかも！

「カミングアウト」もそうだ。日本では隠していたことを告白する、という幅広い意味がある。例えば「嵐のファンであることをカミングアウトした」みたいな。けれど英語の「coming out」は、主にＬＧＢＴ（性的少数者）であることを告白する意味がある。これは「coming out of the closet」の略。イメージとして、ずっと押し入れの中に隠れていたけど、ある日、恥ずかしくないことに気付いたから押し入れから出て、大胆に自分の性的アイデンティティーを告白した、という意味だ。

魅力があふれている和製英語が大好きだけど、気を付けないかん単語もある。アメリカに行って「ジュースを買ってきてね」と頼んだら、どれだけコーラを飲みたくても、相手はコーラを買ってきてくれないよ！

Q&Anneちゃん

ポカリスエットなど、ヘンテコな商品名も和製英語？

ブランド名は、和製英語だとはいいにくい。けれど確かに「ポカリスエット」は「ポカリ（？）の汗」という意味になる（汗をポカリと叩く？）。同じように「カルピス」は「牛のおしっこ」やけん、アメリカでは「Calpico」という名前で売ってある。だってさ、誰も汗やおしっこを飲みたくなかろう？

女ですが、何か？

私は小さいころ、スポーツに夢中やった。バスケットボール、テニス、そして大好きな野球。毎日、近所の男の子と家の裏庭に集まって、みんなで試合をした。私は、女の子だからって特別扱いはされなかった。いや、してほしくなかった。だって実力で男の子に勝てるから！　中学生のころ、バージニア州のバスケ大会で準優勝した。数えきれない男の子を倒したバイ。

日本に来てすぐ、チームに入って球技大会に参加した。この大会のルールを聞いたとき、ショックで気絶しそうになった。野球では、女性はボールを打つだけでセーフ。ファーストに必死に走らんでいい。バスケのルールにもびっくりした。女性のゴールは2点じゃなくて4点。そして、3ポイントのゴールはなんと6ポイントだった！　あるチームは、6ポイントの達人がおったけん、簡単に優勝した。

カツカレーもうどんも食べたい。

日本ではいろいろな場面で女性と男性に分けられる。「レディースランチセット」「レディースデー」「男前カレーパン」「メンズポッキー」など。飲み会でも女性は男性ほど払わなくていい。男性の方が飲んだり食べたりするからだってさ。女性としてはもちろんありがたいけど、性別でいろいろ分ける必要はないと思う。

ある日、カツカレーを食べようとしたとき、近くにいる男性が「女性はそれを食べないよ。うどんを食べる」と私を注意した。彼を無視して、罪悪感なしでおいしいカツカレーを食べたバイ。

もちろん、性別によってできることとできないことはある。どんなに頑張っても、男性は赤ちゃんを産めない。一番足が速い女性は、一番足が速い男性に勝っていない。ただ、誰にでもできることは山ほどある。性別と関係なく、頑張れば何でもできると思う子どもを育てたい。私は女性プロ野球選手になれんかったけど、ソフトボールが好きな娘がいつか実現するかもしれない。そのときは彼女を応援しながら、おいしいカツカレーを食べようかな。

Q&Anneちゃん

最近よく耳にする「多様性」。アンちゃんが思う多様性は？

人間だれでもありのままで受け入れられること。ジェンダーやＬＧＢＴだけじゃなくて、全ての個性、国籍、性別、考え方などが尊重されることが本物の多様性だ。日本が本当に「みんなちがって、みんないい！」の社会になることを願うばかりだ。

若者の可能性はガチでヤバイ！

先日、初めて県立高校で講演会をした。この2年間、公民館、行政、企業などで講演会をたくさんしたけど、一番やりたいのは学校だった。若者は日本の将来だからさ。

若者は「スマートフォンのゲームしかしない」「ちゃんと日本語が話せない」「あまり深く考えない」と思っている人がいるかもしれないけど、私は若者の可能性は無限にあると思う。

若者の頭の中は、粘土みたいに柔らかい。物事を深く考えられないわけじゃない。考える機会が与えられていないだけだ。刺激さえあれば、びっくりするくらい自分の考えを発言できるようになる。その刺激を与

地元の中学校では英会話のアドバイスもした。若者に刺激を与えるのが大好き。

えることは大人たちの責任だ。
約９００人の高校生に話をした。基本、若者向け講演会は、やりにくい。あまりにも反応がなくて、伝わっているかどうか分からない。一方、田舎のおばあちゃんたちは一番やりやすい。私が何を言っても、手で足をたたきながら爆笑してくれる。

でもさ、反応がないからといって伝わっていないわけじゃない。私が話した内容は、言葉や文化、世界観を理解する大切さなど、簡単じゃなかった。伝わったかどうか不安だったけど、寝ている学生は非常に少なかったと聞いたけん、安心した。

そして家に戻った後、その高校生たちから、インスタグラムにたくさんのメッセージが届いていた。「すごく考えさせられた」「刺激を与えられた」「大きな夢を持っている」みたいな熱い発言やった。しかも、立派な敬語で書いてあった。若者は最高だ。やっぱり若者の可能性は無限大。その無限にある可能性を応援しながら、若者に大きな刺激を与えよう。だってさ、若者の可能性は、ガチでやばいやん！

Q&Anneちゃん

英語で「反抗期」はなんという？

日本語みたいにピッタリ当てはまる単語がない。

She is going through teenage angst .

She's in a rebellious period .

She is giving her parents a hard time .

様々な言い方がある。ちなみに、若いアンちゃんは反抗期は一切なかったよ！ 40 歳になって、反抗期になったけど…。

日本語を読める日本人は偉いバイ

周りの日本人はずっと「英語は難しい！」と言っているけど、日本語といい勝負だ。日本語の読み書きは、泣くほど難しい。私は20年以上必死に勉強して、やっと中学生レベルまで読めるようになった。漢字、ひらがな、カタカナ、ローマ字などがあるけん、日本語の勉強は一生続くものだな、といつも思う。

漢字は言うまでもなく難しい。例えば「生」という字は100以上の読み方があるといわれている。でも漢字だけじゃない。ひらがなばっかりでかかれているこどものえほんは、ごうもんみたい。ほら、このぶんしょうは、ばりよみにくいとおもわない？「誰か漢字を入れてください！」と叫びたくなる。

ひらがなまみれのえほんを
よんでくるしむあんちゃん

そしてカタカナ。私はカラオケでJポップ、ロック、演歌など何でも歌えるけど、カタカナまみれの歌にはすぐ負ける。文章を書くとき「ソ」「ン」「シ」「ツ」はいまだに正しく書けているか分からん。もしかしたら「シンシツ」は「ツソツシ」になっとるかも。

でも多くの日本人もカタカナが苦手らしい。私の名前「クレシーニ」は聞き取りにくく、どんなにゆっくり言っても「はい？」と聞かれる。読むのも難しく、ある時は「クルシミさん」みたいになっていた。苦しかった。

やけん、いろんな戦略を考えた。「さかなクン」みたいに「アンちゃん」になろう、と思った。でも日本の文化では自分の名前に「ちゃん」を付けることはＮＧ。電話などで「アンちゃんです」とは言いきらん。「アン」とだけ言ったことがあるけど、短くて通じんかった。

結論として、日本にいる限り電話では何回も名乗ることを納得せんといかん。それはいいとして、また「アン・クルシミ」だけには、なりたくないなぁ。

Q&Anneちゃん

J-POP にある英語の歌詞は、どう思う？

日本に来た時、音楽の歌詞はめっちゃおかしいと思った。なんで英語の意味をちゃんと調べてから作詞しないと？と思った。けど、今は違う。歌詞の英語は話す人のためにあるわけじゃないからさ。日本人は英語の響きや語感がかっこいいと思っているから歌詞に使っている。やけん、別に完璧じゃなくてもいいと思う。バリかっこいいＥＸＩＬＥが、CHOO CHOO TRAIN（汽車ぽっぽ）を歌ってもよかろう？

アンちゃんを喜ばせる流行語

言語学者のアンちゃんは、年末が大好きだ。その年のはやり言葉が発表されるからさ。もしかしたら、12月に多くの人が一番使えそうなのは「KP」かも。女子中高生が選ぶ「JC・JK流行語大賞」の3位やった。「KP」って知っとう？忘年会でよくするよ。つまり乾杯！

ちなみに、この年の流行語大賞の1位は「ぴえん」だった。想像つかんやろう？泣き声が起源で、悲しい気持ちを表すそうだ。

個人的に一番好きなのは2位の「べぴたっぴ」。初めて聞いたときマジで聞き取れんかったけん、後で学生たちに聞いた。ジェスチャーの意味もあるらしい。タピオカドリンクのふたにストローを指すときに使う

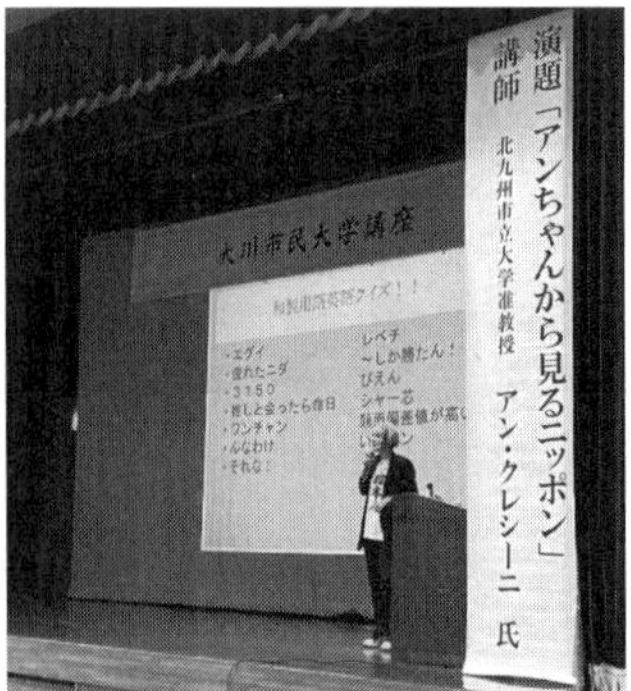

アンちゃんはいつも若者に囲まれているから、若者の流行言葉には困らんばい。講演会では若者言葉クイズもやっている。

掛け声だそうだ。

若者は、どれだけタピオカが好きと？ 去年のこの流行語大賞の1位は「タピる」（タピオカドリンクを飲む）やった。このグニャグニャドリンクが、日本語にも日本の文化にも与えた影響は半端ない！

若者用語がわけわからんけん、批判する大人はきっといる。けどさ、若者用語は若者のためにある。そのコミュニティーにいる人はわかるけん、使ってもよかろう？

ただ、そのコミュニティーから一歩踏み出すと、コミュニケーションが取れなくなるかも。やけん、まずきれいな日本語を使えるようになってほしいなぁ。若者同士では若者用語で話す。社会では立派な日本語を使う。この区別ができるようになったら素晴らしい！

私は若者用語が大好き。タピオカドリンクは苦手なんだけど、もしタピらざるを得なかったら「べ、びたっぴ」を歌いながらいただきたいな。ただ、私みたいなおばさんがそれを使い出したら、若者はその若者用語を使わんくなるかも。ぴえん！

Q&Anneちゃん

アンちゃんは、スマホのスタンプを使いこなせる？

まさか！ 全く使えない！ 笑えるぐらい使えない。いつも娘に怒られる。「ママ！ スタンプを使わないと、冷たく思われる！」なるほど。その後、少し使ってみたけど、無料のやつしかないから、かなりダサイ。この間、有料のスタンプを買おうと思ったけど、買い方がわからなかった。スタンプ達人の娘に聞こうかなぁ。

アンちゃんの新年の抱負は？

毎年、私も多くの人と同じように新年の抱負を考える。

アメリカでは、1月にジムは新しいメンバーであふれているけど、2月になるとガラガラになる、と言う冗談をよく耳にする。人気がある抱負は「痩せる」「運動する」「貯金する」。肥満と借金で有名な国やけん、ふさわしいと思う！

日本人の知り合い数人に新年の抱負のことを聞いてみたら、ほとんどが「健康でいたい」みたいな答えだった。アメリカ人の答えとあまり変

世界遺産の宗像大社。

わらない。やっぱり、どこの国の人でも健康は大事だと分かっているなぁと思った。

　でもなぜ多くの人は新年の目標を達成できない？　ある本に、曖昧すぎると諦めやすいと書いてあった。「健康でいたい」「痩せたい」じゃなくて、健康でいるために何をする、いつまでに何キロ痩せたいみたいな、具体的なゴール。確かに。ただ「痩せたい」なら「今日はあのおいしそうなケーキを食べていい！　明日からダイエットする！」みたいな考えになりがちよね。

　もう一つ大事なのは、実現できる目標にすること。去年、私は新しい単語を毎日10個覚えることを目指していたけど、ハードルが高すぎて達成できなかった。

　今年はハードルをちょっと下げて、本を週1冊読むことにした。「アンちゃんはバリ忙しくない？　できると？」と思われるかもしれないけど、スマホをいじる時間を減らしたらできると思う。今年は読者に抱負を告白したけん、達成せざるを得ないバイ！

Q&Anneちゃん

特に印象に残った本は？

「日本人の知らない日本語」（KADOKAWA）はシリーズで読んだバイ！

日本語の番人とアンちゃん

この間、ハンバーガー店で「渡させていただきます」という表現を耳にした。バリ違和感があった。やけん、いつもと同じようにすぐ、大好きな元ＮＨＫアナウンサー宮本隆治さんにメールした。「教えて、宮本さん。この日本語は合ってるの？」。宮本さんはいつも通り分かりやすく返信してくれた。やっぱり「渡させていただきます」はおかしいようだ。

1年前、テレビ出演で宮本さんと出会った。名刺を交換したとき、バリかっこいい英語で「It's such an honor to meet you.」（あなたに出会

宮本隆治さん（右）も日本語への愛情が半端ない。

えて光栄です）と言ってくれた。このバリ有名な人は、私に会いたかったと？　興奮で気絶しそうやった。

　すぐに、宮本さんとメールのやりとりを始めた。私と同じく日本語に対しての愛情が半端ない宮本さんが、数え切れないくらいの質問に答えてくれた。「何で桜見じゃなくて、花見って言うと？」「真実と事実はどう違うと？」「元旦と元日は同じなん？」などの質問に丁寧に解説してくれた宮本さんのおかげで、アンちゃんはさらに日本語に恋をした。

　そんな宮本さんとの共著『教えて！　宮本さん　日本人が無意識に使う日本語が不思議すぎる！』（サンマーク出版、１４３０円）が、先月出版された。１年間のメールのやりとりが土台になった。

　言葉は生きていて、時代とともに変わっていく。けどさ、本来の意味を知ると、日本語の奥深さに感動すると思う。「渡させていただきます」より「お渡しいたします」のほうが格好良くない？「させていただく症候群」について知りたい方は、アンちゃんの講演会に来てね。喜んで説明させていただきます！

Q&Anneちゃん

今も宮本さんと連絡を取っていますか。

もちろん！　コロナでなかなか会えないけど、メールをしたら、すぐ私の質問に答えてくれる。宮本さんは、私の父みたいな存在になっている。日本に父がおってよかった。

連載100回！感謝の気持ちは半端ないバイ!!

この間、友達と話していた時、私は「上から目線感はマジで半端ない！」と言った。今、考えたら、この文章はバリ面白い。なぜなのか、解説するね。

まず「上から目線」は意外と新しい日本語だ。おととし改訂された広辞苑に入ったから、ちゃんとした日本語の表現として認められた。最近まで「見下す」をよく耳にしたけど、今は「上から目線」がバリはやっている。

次に「感」。最近、何にでも付いてるって気付いてる？スピード感、彼氏感、仲間外れ感など。「感」を付けると「っぽい」とか「って感じ」

ボルダリングで鍛えながら、これからも頑張るバイ！（アンちゃんの部屋）

の意味になる。この間、同僚がこんな立派な文章を口にした。「このマスクは、菌が付いていない感がすごくある」。私は爆笑した。マジで？　名詞だけじゃなくて、動詞にも「感」が付くと？

面白い日本語に万歳！

そして「半端ない」。２０１８年のサッカーワールドカップで、日本代表の大迫勇也選手のことではやった表現だ。何でも大げさに言いがちなアンちゃんは、この日本語がバリバリ好きバイ。英語で言うとawesomeが一番近い表現かな。「素晴らしい」の最強ランクだ。ちなみにアメリカ人はawesomeを山ほど使うけど、多くの日本人は、この素晴らしい単語をあまり知らない。

前回書いたように、言葉は生きている。30年前に「上から目線感はマジで半端ない！」と言ったら、変な人だと思われていたかも。今回、この連載も１００回目を迎えた。いつも楽しく読んでくれる読者の皆さんに対して、感謝の気持ちは半端ないって！　ネタは永遠になくならない感があるけん、応援してね。

Q&Anneちゃん

この連載も、ついに単行本化することが出来ましたね。

この連載のファンから、ずっと「本にしてください！」と言われていたけん、それに応えることができて、本当によかったと思う。九州にいる方だけじゃなくて、全国の方々に読んでもらいたいなぁと思う。

あとがき

私は4年前、親友のマキコに出会った。その頃、英語だけのブログを書いていて、英語がわからないマキコに「あなたの文章は面白そうやけど、英語だから全然わからん！日本語で書いてよ！」と言われた。当時、日本語で長い文章が書けるなんて全然思わなかったけど、書いてみたら意外と面白い文章が書けた。それから多くの人に「日本人には、こういう文章はなかなか書けないよ」と言われた。それは最高の褒め言葉だ。

もしかしたら外国人だからこそ、面白い文章が書けるのかもしれない。私みたいな外国人の視点はすごく大事だと思う。自国の文化や習慣が当たり前になりすぎて、まるで空気のように見えない時がある。やけん、外国人の目を通して見る日本はまるで別物で、考えさせられるのだ。

私は日本に来て、もう21年も経つ。日本が死ぬほど好きだ。どんだけ私は日本が好きかということが一番伝わって欲しい。けど、この世に完璧な国なんてない。好きじゃないところもある。ＰＴＡの記事を読んだなら、その気持ちは伝わったと思う。

私は日本が大好きだけど、日本を無責任に適当に褒め称えたくない。素晴らしいことは力の限り褒める。変えた方がいい点も熱心に訴える。それが、アンちゃんという人間なのだ。賞賛も批判も、全て日本に対する愛情から生まれてくる。私の思いをもう一回言わせてね。日本にずっと住みたい。そして、いつか人生が終わった時は、日本に骨を埋める。それほどこの国が大好きだ。この本にその愛情をたくさん注いだつもりだ。

最後に、私の活動が全国区の知名度になるきっかけを作ってくれた経済評論家の勝間和代さん。この本の推薦コピーまで引き受けてもらい、本当にありがとうございました。また、私の想いを本という形にしてくれた出版社のリボンシップにも感謝の気持ちでいっぱいだ。そして、日本語ブログと新聞連載の添削を、スタート時から続けてくれている親友のマキコに、言葉に表すことができないくらい感謝している。私の可能性をずっと信じてくれて、ありがとうね。あなたなくして、この本は存在しない。もちろん、私を導いてくれた西日本新聞社の方々、応援してくれている読者の皆さまがいてくれて、この本は成り立っている。

おかげさまで、西日本新聞の連載を今も書かせて頂いている。なので、この本が気に入ったら、続刊も楽しみに待っとってね！ 続きの記事も絶対、本にするバイ！

２０２１年12月　アン・クレシーニ

★70 「印鑑」と「はんこ」の違いって知っとう？ ………2019年5月23日 掲載
★71 万能日本語バンザイ！ ………2019年5月30日 掲載
★72 いろいろあるけど、なんとかなるさ ………2019年6月6日 掲載
★73 日本で呼び捨ては嫌がられる ………2019年6月13日 掲載
★74 私の愛するソファが死んだ！ ………2019年6月20日 掲載
★75 「おなか」が痛いのは、「胃？」と「腸？」一体どっち？ ………2019年6月27日 掲載
★76 会議と打ち合わせは違うと？ ………2019年7月4日 掲載
★77 「ググって」「タピって」「スタンバっとくけん！」 ………2019年7月11日 掲載
★78 一生分のお尻を１日で見た ………2019年7月18日 掲載
★79 日本の心を教えてくれる「しきたり」 ………2019年7月25日 掲載
★80 「田舎」って一体どこなん？ ………2019年8月1日 掲載
★81 都会と仲直りした ………2019年8月8日 掲載
★82 人間を成長させる「反省」 ………2019年8月15日 掲載
★83 何歳になっても裸足が好き！ ………2019年8月22日 掲載
★84 「ランニングマシーン」でよかろう？ ………2019年8月29日 掲載
★85 Kirororのおかげ ………2019年9月5日 掲載
★86 日本の文化から生まれた退職代行サービス ………2019年9月12日 掲載
★87 早くラン活せないかん！ ………2019年9月19日 掲載
★88 普通に無理って、どのぐらい無理？ ………2019年9月26日 掲載
★89 「敬語」を教えていただけないでしょうか？ ………2019年10月3日 掲載
★90 「活」まつり ………2019年10月10日 掲載
★91 お産は一人じゃ無理バイ！ ………2019年10月17日 掲載
★92 日本のハロウィン愛は半端ない ………2019年10月24日 掲載
★93 コーラはジュース？ ………2019年10月31日 掲載
★94 女ですが、何か？ ………2019年11月7日 掲載
★95 若者の可能性はガチでヤバイ！ ………2019年11月15日 掲載
★96 日本語を読める日本人は偉いバイ ………2019年12月6日 掲載
★97 アンちゃんを喜ばせる流行語 ………2019年12月20日 掲載
★98 アンちゃんの新年の抱負は？ ………2020年1月17日 掲載
★99 日本語の番人とアンちゃん ………2020年2月7日 掲載
★100 連載100回！ 感謝の気持ちは半端ないバイ!! ………2020年2月21日 掲載

【ブログ「アンちゃんから見るニッポン」】https://ameblo.jp/annechan521/
【はみだし番外編】アンちゃんがＰＴＡ本部を辞めたワケ ………2021年9月7日・８日 掲載

装丁 由無名工房 山田麻由子
表紙撮影 重松聡子
表紙ヘア＆メイク 椎屋沙織
表紙衣装 リサイクル着物時代屋（着物）、赤馬館（袴）
表紙題字 BICO
イラスト えのえださちこ（ロゴ）

協力 西日本新聞社

主婦の手づくり出版社「合同会社リボンシップ」とは？

百貨店のマネキンで働く主婦（榎枝幸子・56）が、
勢いと手探りで、なんと出版社を設立してしまいました。
リボンシップの理念は「ガチガチの枠を外して、
ワクワクのコミュニケーション！ 信じるものは結ばれる！」
福岡で働く主婦のひとり出版社は、常識にとらわれない
生き方と働き方を、今まさに実践中です!!

リボンシップウェブサイト http://www.reboneship.com

初出一覧

【西日本新聞】
★1　日本語が好きすぎてたまらんバイ！　………2018年1月11日　掲載
★2　「ら」ぬき言葉の親戚を紹介する！　………2018年1月18日　掲載
★3　「外人さん」ならＯＫ？　………2018年1月25日　掲載
★4　我慢しなくてもよかろう？　………2018年2月1日　掲載
★5　掛けYou and Me　………2018年2月8日　掲載
★6　なかなか英語に訳せない「適当」　………2018年2月15日　掲載
★7　エリック・クラプトンは大便になった？　………2018年2月22日　掲載
★8　見た目で判断せんでくれ！　………2018年3月1日　掲載
★9　お買得の28万円のＣＴスキャン⁉　………2018年3月8日　掲載
★10　英語になった日本語　………2018年3月15日　掲載
★11　一応大学の准教授　………2018年3月22日　掲載
★12　日本語を話してアンちゃんは、Happy！　………2018年3月29日　掲載
★13　名前で悩まされている、我々外国人　………2018年4月5日　掲載
★14　２年間揺さぶられる車って？　………2018年4月12日　掲載
★15　Don't忖度me！　………2018年4月19日　掲載
★16　「インスタ映え」バイ！　………2018年4月26日　掲載
★17　宗教と文化は一緒だ　………2018年5月3日　掲載
★18　「イミフー」は意味不？　………2018年5月10日　掲載
★19　ほうじ茶にFall in love ♡　………2018年5月17日　掲載
★20　英語にない概念「単身赴任」　………2018年5月24日　掲載
★21　アメリカで逆カルチャーショック⁉　………2018年6月7日　掲載
★22　「イクメン」ってFatherでよかろう？　………2018年6月14日　掲載
★23　大腸検査の達人　………2018年6月21日　掲載
★24　おもてなしの心　………2018年6月28日　掲載
★25　方言をしっとかないといけんっちゃ！　………2018年7月5日　掲載
★26　ヤンキーに見えるけど「炭坑節」は十八番　………2018年7月12日　掲載
★27　知らん人と風呂に入ったと⁉　………2018年7月19日　掲載
★28　「いつか」は永遠に来ない…　………2018年7月26日　掲載
★29　変化し続ける「ワンチャン」　………2018年8月2日　掲載
★30　日本の食文化に救われた　………2018年8月9日　掲載
★31　雨が降ってないのに⁇　………2018年8月16日　掲載
★32　人間関係に欠かせない決まり文句　………2018年8月23日　掲載
★33　根菜中毒　………2018年8月30日　掲載
★34　大きな夢を追いかけているバイ！　………2018年9月6日　掲載
★35　宿題だらけの夏休み　………2018年9月13日　掲載
★36　ヤンキー準教授　………2018年9月20日　掲載
★37　家族って何？　………2018年9月27日　掲載
★38　アンちゃんが日本に住む理由　………2018年10月4日　掲載
★39　アンちゃんはどこに帰国すると？　………2018年10月11日　掲載
★40　「当たり前」の反対語は？　………2018年10月18日　掲載
★41　死ぬほど寒い　………2018年10月25日　掲載
★42　「承知です」はやめてくれ！　………2018年11月1日　掲載
★43　バズらせていただきます　………2018年11月8日　掲載
★44　ようわからん「オノマトペ」　………2018年11月15日　掲載
★45　「ブラックフライデー」は「フライデー」だけじゃない　………2018年11月22日　掲載
★46　モンスター寿司　………2018年11月29日　掲載
★47　行きたい時に限って‼謎い定休日　………2018年12月6日　掲載
★48　「アンちゃん」って呼んでね！　………2018年12月13日　掲載
★49　私が知らないクリスマス　………2018年12月20日　掲載
★50　「新聞読んでいるよ！」と言われて嬉しい　………2018年12月27日　掲載
★51　今年は、猪突猛進するバイ！　………2019年1月10日　掲載
★52　「ウルトラマン」を言いきらん！　………2019年1月17日　掲載
★53　リスを英語で言える？　………2019年1月24日　掲載
★54　日本の飲み会は不思議でたまらん！　………2019年1月31日　掲載
★55　「むなかた応援大使」になったバイ！　………2019年2月7日　掲載
★56　花より団子のバレンタイン　………2019年2月14日　掲載
★57　立派な鼻だ　………2019年2月21日　掲載
★58　ママの才能は無限大！　………2019年2月28日　掲載
★59　温かいぐちゃぐちゃ卵挟みパンを食べたことがあると？　………2019年3月7日　掲載
★60　黄色いスクールバスに乗って学校へ行こう！　………2019年3月14日　掲載
★61　アンちゃんも動詞になりたい！　………2019年3月21日　掲載
★62　失敗に感謝！　………2019年3月28日　掲載
★63　野球とベースボール、どっちも大好きバイ！　………2019年4月4日　掲載
★64　いつでも食べたい「季節限定」　………2019年4月11日　掲載
★65　愛する子どものため　………2019年4月18日　掲載
★66　「サポーター」はただの「ファン」じゃない　………2019年4月25日　掲載
★67　ＰＴＡ副会長になった　………2019年5月2日　掲載
★68　日本の、食事に対する姿勢がバリバリ好き！　………2019年5月9日　掲載
★69　和製英語は立派な日本語　………2019年5月16日　掲載

リボンシップの本のご紹介

時魔女のススメ

ワクワクと集中力で
時間と人生は無限に広がる！

今村敦子 著

定価：1,500円＋税

今、インスタ女子に「手帳」が大ブームですが、はるか昔の中１の時から「手帳マニア」だった人気タレントの今村敦子さん。手帳に留まらず「時間を余すことなく完全に使い切る」ことに情熱を注ぎ、行きついた先が「時間の本当の正体」の発見、そしてなんと「時間そのものの増やし方！」。スポーツ選手の「ゾーンに入る」や「球が止まって見える」、自動車事故の際の「ぶつかる瞬間がスローモーションに見える」等、この本を読めば、すべてまる分かり！ 早朝のラジオから月～金曜のＴＶ３時間生放送、娘のお弁当作りと超多忙の今村敦子さんが「オフも大充実」「病気や疲れ知らず」「超たまご肌」の理由、それは……時間を10倍に増やすことができる「時間の魔女」だったのです！

時間は、じつは３次元！ ワクワク×集中力×時間の「タイムスペース」でできている！

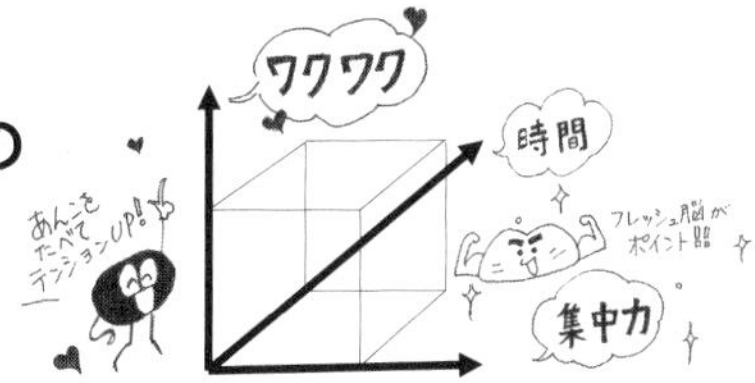

これがタイムスペースだ！

著者プロフィール

福岡を拠点に活躍中のタレント、ラジオパーソナリティー。FBS福岡放送「めんたいワイド」メインＭＣ、エフエム福岡「モーニングジャム」「教えて！コンシェルジュ」他、レギュラー多数。中学生の娘のママでもある。1970年、福岡県福岡市生まれ。大学卒業後、広告代理店を経て、天職のＴＶリポーターの職（人前でしゃべる仕事）に出会い、現在へと至る。年間150店以上を食べ歩くほどのグルメ好き。特にあんこに目が無く、「アンコンヌ」の異名を持つほど。大忙しなのにここ数十年、風邪をひいたことがないほどの超元気ぶり。

著者プロフィール

アン・クレシーニ

Anne Larson Crescini

北九州市立大学准教授、福岡県宗像市在住。むなかた応援大使。
1974 年、アメリカ・バージニア州生まれ。メアリーワシントン大学卒、
オールドドミニオン大学大学院にて応用言語学修士取得。
流暢な博多弁を話し、日本と日本語をこよなく愛する言語学者。
専門は和製英語。研究と並行し、バイリンガルブロガー、各種講演、
ＴＶコメンテーターとして多方面で活動中。
本書の元となった「アンちゃんの日本ＧＯ！」を西日本新聞にて連載中。
バイリンガルブログ「アンちゃんから見るニッポン」も話題。
ＲＫＢテレビ「まちプリ」、ＲＫＢラジオ「カリメン」に毎週レギュラー
出演中。YouTube では「アンちゃんのことばカフェ」を配信。
著書に「ペットボトルは英語じゃないって知っとうと⁉」（ぴあ）、
「教えて！ 宮本さん 日本人が無意識に使う日本語が不思議すぎる！」
（サンマーク出版）など。

アンちゃんの日本が好きすぎてたまらんバイ！

2021 年 12 月 31 日　初版発行

著　者　アン・クレシーニ
発行者　榎枝幸子
発行所　合同会社 リボンシップ
〒 814-0112 福岡県福岡市城南区友丘 5 丁目 20-11
TEL / FAX 092-407-2499
happychild1115@gmail.com
発売　株式会社 星雲社（共同出版社・流通責任出版社）
印刷・製本　シナノ書籍印刷株式会社

ISBN 978-4-434-28931-6　　Printed in Japan